# 청춘,
## 위로 받지 않을 권리

# 청춘, 위로받지 않을 권리

1판 1쇄 인쇄 2015년 11월 5일
1판 1쇄 발행 2015년 11월 10일

지은이  최상진

발행처  문학의숲
발행인  고세규

신고번호  제300-2005-176호
신고일자  2005년 10월 14일

주소  (121-896) 서울특별시 마포구 동교로13길 34(서교동 474-13)
전화  02-325-5676
팩스  02-333-5980

값은 표지에 있습니다.
ISBN 978-89-93838-37-4  03810

# 청춘,
# 위로 받지 않을 권리

최상진 지음

문학의숲

# 청춘 밖에서 청춘에게

여보게. 나를 한번 보시게. 머리에 서리가 내린 초로의 백면서생. 나는 얼마 전 생전처음 염색을 했네.

달포 전, 전철에서 어떤 젊은 아줌마가 내게 자리를 양보하면서,

"여기 앉으세요." 하더군.

'아니, 같이 연애할 나이 같은 사람이 내게 자리를….'

"됐습니다." 하며 나는 그 자리를 피해 서둘러 경로석 쪽으로 갔네. 그런데 내 등 뒤에서 칠순이 훨씬 넘어 보이는 한 노인이,

"여보슈, 서 있지 말고 거기 앉으슈."

하는 게 아닌가. 난 그 길로 집으로 달려와 염색을 했지. 그러나 거울에 비친 내 모습은 '어색'과 '창피' 그 자체였네. 염색은 염색일 뿐 무엇이 달라지겠는가.

여보게. 자네들 모두 집집마다 한둘밖에 없는 귀한 집 자식들

아닌가. 오랫동안 자네들 곁에 있으면서 귀한 집 자식들을 제대로
키우지 못한 죄가 크네.

　　자네들에게 보여 준 건 권모와 술수뿐
　　자네들에게 안겨 준 건 시련과 고통뿐
　　자네들에게 쥐어 준 건 불안과 좌절뿐
　　자네들에게 넘겨준 건 분노와 아픔뿐
　　이제 와서 참고 견디면 돕겠노라고 한들 무슨 힘이 되겠는가.


　　이렇게 말하고 있는 난 폭정과 탄압으로 얼룩진 한심하기 짝이
없는 시대에 청춘을 보냈네. 냉소와 저항으로 가득 찬 칠흑 같은
어둠 속에서 얻은 것이라곤 몸에 밴 최루탄 냄새뿐. 이런 청춘이
커서 다시금 청춘들에게 단절과 핍박을 준 장본인이 될 줄 누가
알았겠는가. 이제 난 거지 같은 청춘을 살아온 청춘 밖의 한 사람

으로서 무조건 자네들을 편들기로 했네. 세상을 이렇게 만들어 놓은 장본인으로서 자네들의 아픔을 제대로 알지 못하고 청춘을 구박하고 상처를 준 자가 속죄하듯 자네들에게 들려주겠네. 내가 봐 왔던 많은 청춘의 이야기를 들려주겠네. 그리고 말하려 하네. 자네들의 흐느낌을, 자네들의 외침을. 무엇이 자네들을 아프게 했는지 그 시작과 끝을 알리려 하네.

형이상학적 도덕, 현학적인 충고, 피곤한 덕담 따위를 늘어놓으려는 것은 절대 아니네. 나도 그런 건 싫어. 나도 오래전 윗세대로부터 이런 참혹한 이야기를 들을 때마다 곤하게 잠든 척했거든. 잠시 졸리면 자고 다시 일어나 봐 주시게. 다만 가장 두려운 것은 지금부터 하려는 청춘 이야기가 나이 먹은 선생의 꼼수로 들리면 어쩌나 하는 것일세. 그러면 언제라도 그만두겠네.

우리는 너나 할 것 없이 타인에 의해 던져진 존재, 피투자이네. 이 세상에 어느 누구도 자기의지대로 태어난 사람은 없네. 그래서 타인에 의해 키워지고, 키워지는 동안에도 자기의지대로 살지 못하네. 누군가의 편의에 만들어진 관습과 제도로 자기의지에 족쇄를 채우지. 교육이란 어쩌면 자기의지에 문화적 족쇄를 채우는 과정이지. 이렇게 해야 마음대로 부려먹지 않겠는가. 요즘 대학은 아예 자기의지에 포박까지 하지. 대학은 족쇄를 차고 포박을 당한 청춘들로 가득하네. 자, 이제부터 족쇄와 포박을 풀고 청춘이 가지는 진정한 자유와 희망의 불씨를 지펴 보세.

─
차
례
─

서문 · 4

1
─
진 주 처 럼  영 롱 한  순 간 들

새내기에게 · 14

처음을 시작하는 방법 · 18

청춘은 정답이 없다 · 24

운명을 아십니까 · 30

자유와 고독 · 34

사랑을 한다는 것은 · 40

방년 20세 · 44

프로필과 스펙 · 48

내 인생에 꽃 장식을 한다면 · 54

스물 즈음 청춘이 보내온 편지 · 59

셀프 메이드 프로젝트 · 64

골방 · 69

# 2

## 내일에게 안부를 묻다

청춘 레퀴엠 · 76

그대 아직도 소시민을 꿈꾸는가 · 80

다 포기하지 마 · 86

미래가 매력적인 이유 · 90

내 사랑 4학년 · 95

다시, 내 사랑 4학년 · 99

벤치 앞에서 · 105

틀 · 109

부분과 조각 · 114

아침이슬 · 118

내일을 유기하는 사람들 · 124

안녕하시렵니까 · 128

반려기계 · 132

# 3

—

너의 인생에 꽃을 달고

왜 서둘러 청춘을 떠나려 하는가 · 140

아마도 지금 졸린 까닭은 · 146

청춘에서 비청춘으로 가는 길목 · 150

내가 존경하는 사람 · 155

조로 청춘 · 160

정의란 무엇인가 · 166

같이 밥 먹는 것의 의미 · 170

서른 즈음에게 · 176

조용히 해 vs 들어 봐 · 181

최주례 · 186

치맛바람 편들기 · 190

책 밖의 책, 여행 · 196

# 4

## 해와 달과 별을 담은 눈빛으로

위로받지 않을 권리 • 202

늙지 않는 법 • 207

노강과 난정 • 211

호주머니 공유하기 • 218

240 • 223

너의 막막함, 나의 먹먹함 • 228

눈빛 • 232

따라하기와 따라잡기 • 238

들판의 학문 • 242

반군사부일체론 • 248

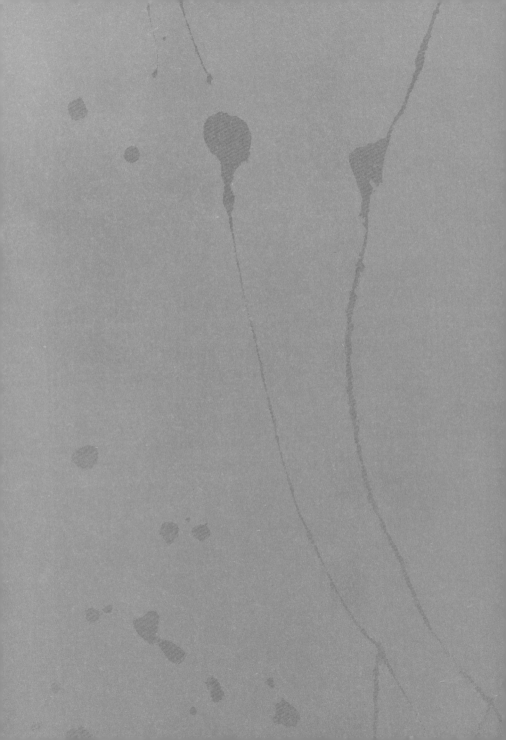

# 1

## 진주처럼
## 영롱한 순간들

잘 왔네. 공부하느라고 애썼네. 어떤 고비를 넘기고 여기까지 왔는지 말하지 않아도 다 아네. 고생했네. 축하하고 환영하네. 공부 잘했지? 아마 스카이에 가고 싶었을 테지만 점수가 아주 쬐금 모자라 우리 대학에 들어온 것도 다 아네. 너무 가슴 아파하지 말게. 운이 좀 따라 주지 않아서 그런 걸 어쩌겠나. 앞으로가 더 중요하니 지난 일은 빨리 잊게. 도무지 찝찝하고 여기가 마음이 안 들면 얼른 학교 그만두고 스카이 준비하게. 두고두고 후회할 테니 과감히 결정하게. 국적은 바꿀 수 있지만 학적은 바꿀 수 없네. 근데 또 후회할 일이 생긴다면 어쩌지. 그것이 걱정이 되네.

암튼 이곳이 내 집이다 결정했다면 이제 정말 우리 식구가 됐네. 다시 한번 온 마음으로 환영하네. 어디서 봄 냄새가 난다 싶었는데 풋풋한 자네들 때문이었어. 썰렁하던 캠퍼스가 더욱 활기차 보이네. 지내 보면 알겠지만 우리 캠퍼스 참 괜찮네. 봄이면 벚꽃이 참으로 화려하고 여름이면 신록이 우거져 시원하기 짝이 없고 가을 단풍은 설악산 저리가라네. 겨울 설경은 아름다운 설국의 한 장면을 연출하지. 이게 다 자네들 차지니 마음껏 즐기게.

이렇게 자네들에게 편지를 쓰고 있는 난, 나이가 많아. 몇 년 뒤면 학교를 떠나네. 자네들이 내 모습을 보면 '저런 백발 할아버지가 아직도 선생님을 하고 있나' 싶을 걸세. 아마 자네들이 졸업한 고등학교 교장 선생님과 비슷한 나이일 거야. 그렇지만 난 평교수라네. 대학에는 이런 사람들이 많아. 대학은 좋은 곳이지. 늙은이까지 챙겨 주는 곳이니. 또 다른 면으로 깜짝 놀라게 될지도 몰라. 아니, 저런 젊은 사람이 교수라니 하고 말이야. 이게 대학이네. 다들 자기 고유한 전공이 있고 자기 학문 영역에서 둘째가라면 서러워할 사람들이지. 자네들 앞길을 밝혀 줄 분들이니 믿고 의지해 보게.

조금 더 다녀 보면 알게 되겠지만 대학이 결코 만만한 곳은 아니지. 모든 것이 자기 맘대로야. 그리고 모든 것을 스스로 해야 돼. 누가 시키거나 누가 가르쳐 주지 않아. 자기가 알아서 하는 게지. 시키면 시키는 대로, 가르쳐 주면 가르쳐 주는 대로 하면 얼마나 편하고 좋겠는가. 자기가 알아서 하는 것처럼 어려운 일은 없네. 고민해야 되니까. 독일 훔볼트 대학의 교훈은 '고독'과 '자유'라네. '고독'과 '자유'가 뜻하는 바가 무엇인지 알겠나.

대학이 취업 준비를 하는 곳으로 전락한 세태가 야속하지만 어쩌겠나. 먹고살아야 하는데. 새내기들 앞에서 취업 얘길 꺼낸다는 것이 좀 그렇긴 하네. 놀게. 고생했으니 논들 어떠리. 엄마가 뭐라고 하겠지만 그냥 놀아. 1학년 때부터 취직 공부 시작한다면 너무 초라하지 않나? 새내기에게 도서관 열람실 한구석을 차지하고 앉아 4학년 노땅처럼 공부하고 있는 모습은 어울리지 않아. 근데 그냥 놀지 말고 생각하며 놀게.「레미제라블」같은 영화 보면서 우리 사회를 생각하고, 커피숍 알바하면서 대학 밖 사람들도 생각해 보고, 아프리카 해외 봉사 다니면서 슬픈 지구촌을 생각해 보게. 그렇지만 억지로 하진 말게. 하고 싶으면 하게. 억지로 하면 일이 되고 하고 싶어 하면 놀이가 되네. 억지로 하면 당연히 하기 싫어지고 하고 싶어 하면 당연히 즐겁지. 즐겁게 하게. 즐겁지 않으면 그만두게. 스트레스 받지 말고.

그동안 공부만 했으니 이성 친구도 사귀어 보게. 내 가족 이외의 사람과 사랑하는 사이를 만든다는 것은 정말 경이롭고 멋진 일이네. 엄청 소중한 일이니 신중해야 하네. 천박하게 치근덕거린다면 사랑이 아니네. 도도해지게. 그래야 오래가네. 만일 상대방이 껄떡대고 헤프게 굴면 당장 그만두게. 그건 사랑이 아니야, 바람둥이지. 순수하고 신실한 사랑을 해 보게.

아, 끝으로 한마디. 엄마가 학교 따라오고 싶어 하거든 정중히 거절하게. 언제까지 엄마 아빠 손잡고 다닐 건가. 그러지 말게. 엄마 품에서 빨리 벗어나게. 만일 엄마가 끝까지 간섭하려 든다면 신경질적으로 '엄마가 뭘 알아' 하지 말고 스스로 번 돈을 엄마 손에 꼭 쥐어 주고 방긋 '엄마, 이제부터 내가 알아서 할게'라 하게. 드디어 자네들은 대학생이 됐네. 정말 축하하네.

처음을
시작하는
방법

『회남자淮南子』「숙진훈叔眞訓」에 다음과 같은 구절이 나온다.

"有始者 有未始者 有未始有 夫未始有有始者 有有者 有無者
有未始有有無者 有未始有 夫未始有有無者"

'처음'에 대한 『회남자』의 정의는 참 알쏭달쏭하다. '처음'이 있
다는 말인지 없다는 말인지, '처음'의 시작이 '있다'에서 시작하는
것인지 '없다'에서 시작하는 것인지 헷갈린다. 어쨌거나 '처음'이
고민된다는 메시지는 분명하다.

인간사는 늘 작은 '처음'으로 가득 차 있다. '처음'은 항상 낯설고 긴장된다. 신입생과 선배 간의 첫 대면식, 새 직장으로의 첫 출근, 유학지에서의 첫 강의실, 신학기 초 새로 수강신청을 하고 들어간 강의실 분위기 등등 처음의 종류는 다르지만 그 느낌이 비슷하다. '처음' 스트레스다. 조금만 지나면 스트레스는 어느새 사라지지만 '처음'이 가지는 약간의 강박이 있다. '처음'은 누구나 불안하고 서투르다.

신랑 신부가 '처음' 하는 결혼식에 당황하는 것은 자연스런 일이다. 능숙하게 행동한다면 신랑 신부가 아니다. 입학식에서 노숙한 행동을 하는 신입생이 있다면 신입생이 아니다. 나라고 예외가 아니다. 신학기 첫 강의가 오후 세 시라고 철석같이 믿고 느긋하게 점심을 먹고 있는데 이게 웬일인가, 강의시간이 한 시 반이란다. 나는 숟가락을 놓고 허둥지둥 강의실로 달려갔다. '처음' 스트레스다. 나이 들어 깜박깜박하는 것도 있지만 '처음'이 가지는 스트레스 때문이다.

청춘은 '처음'과 닮아 있다. 청춘은 '처음'과 부닥치는 일이 많다. 그래서 청춘은 실수도 많고 잘못도 많다. 청춘의 잘못과 실수는 당연한 것이다. 청춘의 잘못과 실수는 칭찬과 격려의 대상이지 짜증과 질타의 대상이 아니다. 말과 행동이 세련되지 않아야 청춘이다. 노련하다면 청춘이 아니다.

청춘은 잘 빚은 청자가 아니라 투박한 막사발이다. 청춘의 매력은 바로 질박한 '처음'에서 나온다. 청춘은 새 그릇이며, 비어 있다. 비어 있어야 채울 수 있다. 청춘이 다 채워진 그릇이라면 이미 청춘이 아니다. 청춘의 사전에는 만족이란 있을 수 없다. 청춘은 항상 불만이다. 청춘이 현재에 불만을 가진다는 것은 지극히 당연한 일이다. 현재에 안주하고 있다면 그 사람은 이미 청춘이 아니다. 청춘과 '처음'은 참이면 항상 참인 항진명제가 아니다. 청춘은 늘 바뀌고 다이내믹하다. 어디로 튈지 모르는 엉뚱함, 때 묻지 않은 환한 미소, 싱그러운 연필 내음, 제련되지 않은 정의로움 이것이 청춘이다.

며칠 전, 미국으로 유학을 간 졸업생으로부터 전화가 왔다. 국내 유명 핸드폰 회사에 취직을 했노라고 했다. 미국 현지에서 직접 면접을 보고 합격 통지서를 받았다고 했다. 회사가 서울로 보내는 졸업생의 이사 비용까지 정산해 준다고 했다. 참 좋은 기업이다. 그

졸업생은 나에게 이런 제안을 했다. '이사 비용을 회사에서 다 대 주니까, 자기는 부칠 짐도 없고 해서, 미국에선 한국산 텔레비전과 컴퓨터가 싸니 각각 한 대씩 사 드리고 싶다'고. 그러면서 '자기가 서울 가면 물건 값을 계산해 주시면 된다'고 했다.

난 단호히 거절했다. '마음은 고맙지만 첫 직장의 처음을 편법 으로 시작하면 안 된다'고. '그런 건 나중에 할 일이지 지금의 할 일이 아니다'라고.

청춘은 미래 진행형이다. 이제 막 '처음'을 출발한 청춘이다. 처 음을 산뜻하게 진리와 정의로 출발해야 한다. 인간사의 꼼수는 차 차 배워도 늦지 않다. 인간사의 꼼수는 세월이 가르쳐 준다. '처음' 을 어줍지 않은 부정으로 시작하지 말자. '처음'을 아첨으로 시작 하지 말자. '처음'을 부조리로 시작하지 말자.

청춘은 '처음'을 잘 이겨 내야 한다. 모든 인간사가 그렇듯 '처 음'을 이겨 내기란 쉽지 않다. '처음'은 새것이지만 불편한 것이 흠 이다. 청춘은 불편함을 이겨 내고 부족함을 채우는 과정에 있다. '처음'을 잘하자. '처음'을 미적지근하게 보내면 '끝'도 미적지근하 다. '처음'을 화끈하게 보내면 '끝'도 화끈하다.

우리는 늘 '작은 처음'과 '작은 끝'을 반복하며 산다. '작은 처음'과 '작은 끝'의 시간과 공간이 모여 '큰 처음'과 '큰 끝'을 이룬다. '처음'이 좋으면 '끝'이 좋고 '끝'이 좋으면 '처음'도 좋다. 청춘에는 '처음'만 있지 '끝'이 없다. 스스로 청춘이 아니라고 생각하면 그게 청춘의 '끝'이다. 평생 동안 청춘으로 살면 '끝'이 없다.

청춘은 잘 빚은 청자가 아니라 투박한 막사발이다.
청춘의 매력은 바로 질박한 '처음'에서 나온다.

## 청춘은
## 정답이 없다

수개월 전 한 방송사의 정치 토론 프로그램을 본 적이 있다. 이미 용도 폐기되었을 법한 정치인 몇몇을 불러놓고 싸움을 부추기는 한심한 프로그램이었다. 양쪽 다 거침없이 내뱉으며 오고 가던 말 중에 얼핏 한마디가 귀에 들어왔다.

"여보세요, 의원님. 그 말씀은 틀리셨어요."

무엇이 틀리다는 말인가. 내 생각은 정답이고 네 생각은 오답이라는 말이다. 이게 맞는 말일까. 틀려도 많이 틀렸다. 자기가 지향하는 정책과 노선이 다르다고 상대방을 '틀렸다'고 말하는 정치인. 이런 사람과는 같이 토론하지 말아야 한다. 이 사람에게는 타협과 상생을 기대할 수 없다. "여보세요, 의원님. 그 말씀은 내 생각과 달라요."라고 말하면 몰라도.

'틀림'과 '다름'은 다르다. '틀림'은 정답이 있지만 '다름'은 정답이 없다. 사람은 생각하는 존재다. 사람은 누구나 서로 생각이 다 다르다. 같은 목적을 두고 길을 가더라도 같은 것 같지만 같지 않다. 자기 생각을 정답으로 만들어 놓고 남의 생각을 판단하려 든다면 결국 독선에 빠진다. 왜 나와 생각이 다르면 남을 틀리다고 생각하는 것일까. 기득권자들은 항상 일정한 기준을 만들어 놓는다. 이 기준이 정답이다. 이 정답은 권력을 유지하기 위한 수단이 되기도 하고, 남을 음해하기 위한 수단이 되기도 한다. 혹여 이 정답이 정당하고 정의로운 정답이 아니라면 그 집단 속의 많은 사람들이 고통을 받는다.

소중한 청춘들이 시험을 보고 있다. 여느 때와 표정이 달라 보인다. 질문에 답을 쓰고 있는 모습들이 진지하다. 시험을 감독하면서 두 가지 마음이 북받쳐 온다. 내가 가르친 것을 외우고 답을 쓰고 있으니 뿌듯하다. 그런데 또 한편으론 측은해 보이고 미안하다.

이 얼마나 어리석은 짓인가. 이것이 청춘을 평가하는 잣대로서 맞는 일인지 회의가 든다. 난 되도록이면 지필시험을 보지 않으려 한다. 난 시험이 청춘의 지적 수준을 가늠하는 절대 잣대가 될 수 없다는 소신을 갖고 있다. 난 성적을 처리할 때 해당 학생의 기록물을 앞에 놓고 그 학생을 생각한다. 그 학생을 머릿속에 그리며 그가 어떻게 수업시간에 임했는지를 떠올린다. 대학에서 중간고사와 기말고사만으로 성적을 처리한다면 너무 모욕적이지 않은가.

대학은 틀림을 가르쳐 주는 곳이 아니라 다름을 가르쳐 주는 곳이 되어야 한다. 틀리고 맞는 것을 알려 주는 교육은 중등학교의 몫이고 거기서 끝을 내야 한다. 대학은 지식을 생산하는 곳이지 지식을 소비하는 곳이 아니다. 틀림의 교육은 소비적이지만 다름의 교육은 창조적이다. 모든 학문은 과정에 있지 결과에 있지 않다. 학문이 결과에 있다면 학문을 할 필요가 없다. 학문이 과정에 위치해 있으므로 새로운 이론이 자꾸 나오는 것이다.

인문학에는 정답이 없다. 인문학은 틀리고 맞는 학문이 아니라 생각이 다른 것을 다루는 학문이다. 외우고 쓰는 답과 생각하며 쓰는 답은 분명 다르다. 따지고 보면 자연과학도 정답은 없다. 해가 동쪽에서 떠서 서쪽으로 진다는 진리를 빼놓고는 정답은 없다.

청춘도 마찬가지다. 청춘은 과정적 존재이지 결과적 존재가 아니다. 그런 청춘을 결과의 기록으로 평가한다는 것은 청춘을 모욕하는 것이다. 과정을 평가하면 된다. 결과는 자신들이 해결하도록 다시 맡기면 된다. 청춘에게는 틀림이 없고 다름이 있을 뿐이다. 청춘은 정답이 없다. 정답이 있다면 청춘은 모두가 다 정답이다. 그래서 청춘이다.

'틀림'은 정답이 있지만 '다름'은 정답이 없다.

사람은 생각하는 존재다.

사람은 누구나 서로 생각이 다 다르다.

같은 목적을 두고 길을 가더라도 같은 것 같지만 같지 않다.

자기 생각을 정답으로 만들어 놓고 남의 생각을

판단하려 든다면 결국 독선에 빠진다.

# 운명을
## 아십니까

교정을 걷다 보면 우리 학생들과 비슷한 또래의 청춘이 학생들에게 접근하여 "도를 아십니까?", "미래를 아시나요?" 등등 다소 생뚱맞은 질문을 하면서 대화를 나누자고 제안하는 장면을 목격하곤 한다. 예전보다는 훨씬 뜸하긴 하지만 요즘도 간혹 교정 벤치에 앉아 한 청춘이 또 다른 청춘에게 다가올 미래에 대해 열변을 토하고 있는 장면이 눈에 들어온다.

이런 장면들은 시대적 상황과 맞물려 있다. 국내외 정세가 불안하고 학생 시위가 잦은 시기에 더욱 자주 눈에 띈다. 교내외가 평안한 시기에는 비교적 덜 목격된다. 이건 어디까지나 내 개인적인 판단으로 오랜 교수 생활의 경험으로 비추어 볼 때 그렇다는 것이다. 우리 학생 중에는 그런 유형의 청춘을 만나 끝내 졸업을 못하고 어디론가 잠적한 경우도 있다. 미래를 꿈꾸다 지금은 어디서 뭘 하고 있는지 알 길이 없다.

공장에서 똑같은 주물 틀에 찍혀 나온 플라스틱 바가지 수만 개가 있지만 바가지에게도 각자 가는 길이 있다. 제각기 팔려 나가서 똥을 푸면 똥바가지가 되고 쌀을 푸면 쌀바가지가 된다. 바가지도 팔자가 있고 운명이 있는데 사람은 오죽하랴.

우리 집에 개 한 마리가 있다. 성남 모란시장에서 7만원을 주고 산 똥개지만 14년을 더불어 살고 있다. 이미 개 수명으로 할머니가 된 개지만 애지중지하고 있다. 이 녀석은 아직도 처음 맛들인 사료만 먹고 그 외에는 거들떠보지 않는다. 건방지게시리 입이 너무 짧다. 그렇게 길러져 버린 것이다. 집 근처 카센터의 개는 아주 잘생겼다. 덩치도 크고 비싼 품종의 개로 보인다. 거창한 족보가 있을 법한 개다. 그런데 몰골은 말씀이 아니다. 카센터의 온갖 오물을 다 뒤집어쓰고 오랜 세월 씻기지 않아 털은 떡이 지고 땟국물이 흐른다. 사람이 먹다 버린 음식 찌꺼기를 게 눈 감추듯 먹는다. 개 팔자가 똥바가지다.

인간의 삶은 이미 정해진 것일까 아니면 만들어가는 것일까. 인간의 삶은 똥바가지일까 쌀바가지일까. 미래에 대한 끝 모를 물음은 계속되지만 답이 선뜻 나오지 않는다. '비록 내일 지구의 종말이 온다 해도 나는 오늘 한 그루 사과나무를 심겠노라'던 스피노자의 흔해 빠진 말이 귀에 맴돌지만 별 신통력은 없다.

우리 학교에는 여러 부서가 있다. 그중에서도 '미래'라는 글자가 붙은 부서가 유독 눈에 띈다. '미래문명원', '미래정책원', '미래위원회', '미래협약' 등이다. 우리 학교의 미래가 잘되기를 바라고, 장밋빛 미래를 먼저 가 보고 싶은 간절한 소망의 표출이다.

미래를 일찍 알아 버린다면 어떻게 될까. 화려한 장밋빛 미래를 미리 알았다고 치자. 인간은 아마도 그보다 더 멋지고 화려한 미래를 만들기 위해 또 다른 욕망에 사로잡힐 것이다. 현재의 삶이 피폐해지고 엉망진창이 될 것이 뻔하다. 인간의 역사가 이를 증명한다. 미래는 알 필요가 없다. 미래는 미래의 몫이지 현재의 몫이 아니다. 미래에게 뭘 바라는가. 미래를 상상해 보라. 미래의 끝에는 결국 죽음이 있을 뿐이다. 현재도 제대로 살지 못하면서 미래를 보고 싶어 하는 것은 허욕일 뿐이다.

사람은 공장에서 찍어 내는 바가지가 아니다. 사람은 태어날 때부터 환경적 개인차를 가지고 태어난다. 삶의 과정에서도 경험적 개인차를 가지고 살아간다. 얼굴 모습도 천차만별 모두 다 다르듯이, 그 어떤 사람도 삶의 궤적이 같을 수 없다. 인간의 삶은 너무나 풀기 어려운 복잡한 카오스다.

청춘들이여. 현재를 사는 우리에겐 미래는 버거운 존재다. 그 버거운 존재를 미리 알고 싶어 하면 현재의 삶은 더 버거워진다. 미래는 잊고 살자. 청춘은 더욱 그렇다. 복잡하게 생각하지 말고 단순하게 생각하라. 미래를 위해 현재를 계획하지 말고 현재를 위해 현재를 계획하라. 오늘도 미래는 바로 곁에 있다. 점심은 뭘 먹을 것인가를 생각하고 맛있는 점심을 먹는 거다. 그것이 차곡차곡 쌓이면 장밋빛 미래는 바로 당신 편이다.

## 자유와
## 고독

독일 동베를린에 고색창연한 훔볼트 대학이 있다. 독일이 통합되기 전에는 공산주의 체제하에 있던 대학으로 김일성 대학 학생들이 즐겨 유학을 가던 곳이다.

중세 이후 유럽의 대학 교육은 기독교적 인간을 키워 내는 '교육 중심의 교육'이 근간을 이루고 있었다. 교육은 엄격하고 고답적이었다. 당시 절대주의적 분위기로 보아 대학 교육을 쇄신한다는 것은 도저히 상상할 수 없는 일이었다. 그렇지만 훔볼트 대학은 과감히 교육 개혁을 부르짖었다. 훔볼트 대학이 주창한 교육 개혁의 중심 이념은 '자유와 고독'이었다. 당시로 보아 이 교육 개혁은 교육 권위주의에 대한 크나큰 도전이었으며 모험이었다. 이

후 훔볼트 대학의 교육 개혁 방향은 전 유럽으로 퍼져 나갔으며, 모든 유럽 대학들의 교육 개혁의 전형이 되었다. 이러한 대학 교육 개혁의 결과는 실로 엄청난 것이었다. 유럽의 정신문화와 물질문화가 온 지구촌을 지배하게 된 계기가 되었으며, 21세기인 지금까지도 유럽 문명은 세계 문명을 주도하고 있다.

'자유와 고독'이 담고 있는 실천 목표는 대학을 '교육 중심'이 아니라 '연구 중심'으로 전환하자는 데 있었다. 대학에서의 할 일은 가르치는 일보다는 공부하는 일이 더 중요하다는 점을 강조한 것이다. 자유는 타율적 자유가 아닌 자율적 자유의 이념을 가지고 있었다. 남으로부터 부여받은 자유는 자유가 아니다. 자기 스스로 누리는 자유가 진정한 자유이며 진리는 여기에서 나온다고 보았다. 진리는 우주의 질서에 의해 발견되는 것이지 남에 의해서 강요된 진리는 진리가 아니라는 것이었다. 예컨대 지구는 평평하다고 강요된 진리는 순간의 진리는 될 수 있더라도 영원한 진리가 될 수 없다. 이러한 학문적 자유에서 창의력이 생겼고 활발한 연구가 이루어질 수 있었다.

자유의 의미는 곧 학문의 자유뿐만 아니라 모든 구속된 교육 환경으로부터의 자유도 포함되었다. 즉 개인 생활의 자유도 누리게 해 주어야 한다고 보았던 것이다. 훔볼트의 개혁론자들은 '이것저것 시키지 말고 그냥 놔두어라. 공부하는 이들에게 공부하게 하라'는 주장을 폈다. 정신적 속박으로부터의 자유는 물론 공부 이외의 다른 업무로부터의 자유도 누리게 해 줄 것을 요구했다.

흔히 아이들을 야단칠 때 '공부는 홀로 하는 것이지 남이 해 주지 않는다'고 말한다. 이 정신이 훔볼트 대학의 또 하나의 교육 이념이었던 고독의 의미다. 고독은 외로움이다. 혼자 있다는 것은 고요함이요, 사색이다. 우리는 골똘히 무엇을 생각하고자 할 때 혼자 있고 싶어진다. 공부는 조용한 밤에 혼자 하는 것이 제격이다. 연구를 하려면 연구자들을 혼자 있게 해 주어야 한다. 훔볼트 대학의 개혁론자들은 고독이 곧 창의력으로 통하는 길이라고 보았다.

요즘의 우리는 어떤가. 아이고 어른이고 혼자 있게 놔두질 않는다. 아니 어쩌면 혼자 있기를 싫어하는 것 같다. 저녁 어스름이면 전화가 걸려온다. 술 한잔 어떠냐고. 대부분의 사람은 그 청을 마다하지 못한다. 집단에서 소외를 당하는 것 같아 싫어도 억지로 참여하는 경우가 많다. 물론 자기가 좋아서 참여하는 사람도 의외로 많다. 남과 어울려 밤새 술 마시다 보면 다음 날 아침이 힘들고 집중력이 떨어질 수밖에 없다. 집중력이 떨어지면 창의력이란 있을 수 없다.

우리는 그동안 고독을 즐길 여유도 없었고 자유다운 자유를 누려보지도 못했다. 무언가 할 만하면 그것을 가로막는 절대 권력에 의해 좌절되어 왔고 그것이 아예 타성이 되어 버렸다. 우리의 대학은 제대로 된 세계적 연구 하나 완성해 보지도 못한 채 21세기적 실용 중심의 교육 패턴으로 나아가고 있다. 남이 한다고 다 따라하는 것이 아니다. 모든 것이 격에 맞아야 한다. 우리 국가와 민족의 장래를 짊어진 청춘들에게 고하노니 지금부터 자유와 고독을 즐기시라.

남으로부터 부여받은 자유는 자유가 아니다.

자기 스스로 누리는 자유가 진정한 자유이며

진리는 여기에서 나온다고 보았다.

진리는 우주의 질서에 의해 발견되는 것이지

남에 의해서 강요된 진리는 진리가 아니라는 것이었다.

해마다 5월이면 대지는 야해진다. 바야흐로 짝짓기 시기다. 식물은 화려한 꽃을 피워 벌 나비를 부르고, 동물은 교태를 부려 짝을 유혹한다. 사람도 예외가 아니다. 유독 이 시기에 많은 신혼부부가 탄생한다. 사람의 5월엔 사랑이 몰려 있다. 부모, 친구, 스승에 대한 사랑을 공식적으로 나누는 날도 있다. 5월의 청춘들은 한결같이 예쁘고 멋지다. 대학 교정에도 캠퍼스 커플, CC가 넘쳐난다.

지난주 학생들과 답사를 다녀왔다. 제주도는 모든 것이 푸르다. 바다, 산, 들, 오름은 물론이고 바람까지 푸르다. 제주도는 청춘을 닮아 있어 우리 학생들과 멋지게 어울린다. 학생들이 무리를 지어

쪽빛 바다를 향해 우르르 몰려간다. 그런데 CC들은 자기들만의 바다로 간다. 마치 신혼여행 온 신혼부부처럼 손을 꼭 잡고 소곤대며 바다를 즐기다가 모이라고 하면 어느새 나타나 버스에 올라타고 다시 소곤대고 있다. 못 본 척하지만 자주 눈에 띄니 어쩌랴.

사실 CC들은 어려움이 많다. 웬만한 용기 없이는 CC를 이룰 수 없다. 우선 다른 청춘들의 부러움과 따가움의 상반된 두 시선을 모두 감내해야 된다. 둘만의 시간을 가져야 하니 동년배 청춘들의 접근이 불가하므로 스스로 왕따가 될 수밖에 없다. 젊은 시절 가장 소중한 일 중의 하나인 벗을 더 많이 사귈 수 없다는 것도 단점 중 하나다. 강의실이나 도서관에서 교수나 동료 청춘들의 눈총을 피할 길이 없다. 교정에서 손잡고 가다가도 아는 교수나 선배를 만나게 되면 얼른 시치미를 떼야 하는 불편함도 감수해야 한다. 그러나 CC의 애틋함과 짜릿함은 이런 어려움 정도야 다 극복할 수 있을 것이다. 짜릿함이 지루함으로 바뀔 때가 문제이긴 하나 사랑의 상대성은 어느 누구도 가늠할 수 없다.

지금 CC인 청춘들이여, 사랑을 하라. 한 쌍의 청춘 남녀가 사랑을 한다는 것, 이보다 더 아름다운 모습이 어디 있으랴. 인간의 가장 숭고한 일 한 가지를 손꼽는다면 단연 사랑이다. 사랑은 인간 행위의 모든 요소들을 다 가지고 있다. 사랑은 프로이트가 말한 ID, EGO, SUPEREGO를 모두 포함하고 있다. 사랑은 '효'보다 앞서고 '충'보다 앞선다.

아직 커플을 이루지 못한 청춘들이 있다. 괜찮다. 다 제 짝은 있다. 아직 솔로라면 학과 밖에서 찾아보자. 아니면 캠퍼스 밖에서 찾아보는 것도 괜찮다. 세상은 괜찮은 사람으로 가득하다. 찾으면 분명 있다. 그러나 어느 정도 노력이 필요하다. 동식물을 보자. 자기 짝꿍에게 예뻐 보이기 위해 혼신의 노력을 다하는 모습이 얼마나 치열한가. 감나무에서 감은 그냥 떨어지지 않는다. 막대기라도 흔들어야 한다. 이왕지사 지금 당장 이성 친구가 없다면 오직 한 이성만을 사귀는 외통수적 사랑보다 여러 이성을 두루 만나 보면서 자신에게 맞는 짝을 찾아보는 것도 괜찮겠다. 사랑을 하면 사람을 알게 된다.

지금 CC와 미래의 CC들에게 살짝 건네 줄 말이 있다. 성공적인 CC가 되려면 선수가 되어야 한다. 선수가 되는 지름길은 도도해지는 것이다. 상대방을 몸 달게 해야 한다. 진정으로 상대방을 사랑한다면 끓어오르는 사랑의 감정을 감추는 선수가 되어야 한다. 오래가는 사랑일수록 절제가 그 속에 있다. 또 하나 명심할 것이 있다. 아닌 것은 아닌 것이다. 아닌 것을 억지로 되게 할 수는 있다. 하지만 권위, 금전, 강압, 동정, 연민 등으로 얻어 낸 사랑은 오류가 생긴다. 적어도 엄마 아빠 손잡고 시내 유명 호텔에 가서 선보는 일만큼은 하지 말아야 한다. 자기 짝은 자기가 찾아야 할 것이 아닌가. 태워도 태워도 재가 되지 않는 진주처럼 영롱한 사랑을 피우기를 권한다. 이 맑고 깨끗한 5월에.

「대양大洋」은 육당 최남선이 영국 시인 바이런의 「The ocean」을 번역한 시다. 이 작품은 1910년 6월에 간행된 『소년少年』 6권에 실려 있다. 이 작품은 우리나라 최초의 번역시로 보아도 손색이 없으며, 『소년』은 우리나라 최초의 현대적 개념의 잡지다.

육당은 1890년생이다. 「대양」이 1910년에 발표됐으므로 이 번역시를 쓴 시기는 육당의 나이 20세가 되던 해였다. 최남선에 대해선 학자들 사이에 여러 말들이 오간다. 그의 생애에 대한 몇 가지 의문, 학문적 업적, 친일 행적 등에 대하여 여러 설들이 난무하고 있다. 이러저러한 견해에 대해서는 학자들이 알아서 할 일이니 각설하고 여기서는 '청춘 육당'에 대해서 생각해 보자.

최남선은 한학자 집안에서 태어나 한문을 배운 신동이었다. 청년 최남선의 한문 실력은 대단했다. 웬만한 경서와 사서를 거의 섭렵할 정도였다. 그러나 최남선이 영어를 어떻게 배웠는지는 알 길이 없다. 다만 당시가 일제 강점기 초기였으므로 일본을 드나들면서 배웠으리라 짐작이 되지만 지금처럼 쉽게 영어를 배울 수 있는 환경이 아니었다. 그럼에도 불구하고 최남선이 20세 때 영국의 시를 접하고 그것을 번역했다는 것은 막 현대 문물을 받아들이기 시작한 당시의 사정으로 정말 놀라운 일이 아닐 수 없다. 영어도 영어지만 서구 문학을 이해하고 영시를 깨우친다는 것은 아무나 할 수 있는 일이 아니다. 더 놀라운 일은 육당 최남선이 『소년』이라는 잡지를 1908년 창간했다는 점이다. 18세 때 잡지사 사장님이 된 셈이다.

21세기를 살고 있는 청춘의 모습을 들여다보자.

방년 18세. 꽃다운 나이. 고등학교 2, 3학년. 하루 종일 공부에 시달려 짜증으로 가득 차 있다. 내신 관리, 스펙 관리, 수능 준비에 온 신경이 곤두서 있다. 매일 학교와 학원, 독서실을 순방하고 파김치가 되어 새벽에 들어온 집을 다시 새벽에 나간다. 책꽂이는 학습지로 가득 차 있고 어쩌다 엄마가 사다 준『영어 공부 절대로 하지 말라』,『강남 아줌마의 수능 성공기』,『미국 대학에 가는 지름길』같은 책이 꽂혀 있다. 인생을 어떻게 살아갈지 스스로 생각할 겨를이 없다. 그저 뭔가에 이끌려 다닌다는 느낌으로 산다.

방년 20세. 향기 나는 나이. 대학교 1, 2학년. 대학은 들어왔지만 진로 문제로 갈팡질팡하고 있다. 스펙 쌓기를 위해 목표는 세웠지만 제대로 한 것은 아무것도 없다. 용돈, 등록금 생각만 하면 슬슬 눈치가 보이고 알바를 하려 해도 마땅한 자리가 없다. 취업을 위해 치아 교정과 성형도 심각히 고민하고 있다. 어제 먹은 술이 덜 깼지만 오늘 저녁 또 술 약속이 있다. 책꽂이에는『문명충돌론』,『역사란 무엇인가』,『노동의 종말』,『아프니까 청춘이다』등 몇 권의 책이 꽂혀 있지만 책 표지와 목차만 읽었다. 교양 교재도 채 읽지 못하고 영어에 쫓기고 글쓰기에 쫓기고 있다.

청춘 육당이 살던 시대와 현재를 살아가는 청춘들의 시대적 환경은 분명 다르다. 그땐 그때고 지금은 지금이다. 물론 그렇다. 육당도 지금 이 시대를 살았다면 오늘날의 청춘과 똑같은 전철을 밟

앗을 것이다. 마찬가지로 지금의 청춘들도 당시의 시대적 격동기에 태어났다면 육당 같은 선지자적 발상을 충분히 할 수 있었을 것이다. 그럼에도 불구하고 흘러간 옛사람의 영웅담을 끄집어내는 건, 한번쯤 청춘이라는 시기에 무엇을 고민할 것인가를 곰곰이 생각해 보자는 데 있다.

21세기를 살아가는 고단한 청춘들이여. 이 무지막지한 정보의 바다 어디쯤에서 뭘 하고 있는가. 무엇을 생각하고 무엇을 꿈꾸고 있는가. 나는 불안한 눈빛으로 그대들을 바라보고 있다.

# 프로필과
## 스펙

　1년에 한 번 출간하는 과 학회지가 있다. 학과장으로부터 이번 호를 회갑 기념 논문집으로 만들려고 하니 사진과 프로필을 달라는 요청을 받았다. 특별히 제작하는 것은 아니고 늘 하던 대로 하되 표지에 기념 논문집이라는 이름만 넣으면 된다고 했다. 부담 가질 필요가 없다고 하면서. 벌써 이렇게 됐나. 새삼스럽게 서가에 꽂힌 몇 권의 회갑 기념 논문집을 들춰 봤다. 남들은 어떻게 사진과 프로필을 처리했는지 궁금했다.

　거의 모든 회갑 기념 논문집에는 반신상의 큰 사진이 전면에 들어가고 6~8페이지에 걸쳐 경력과 연구 업적이 담긴 프로필이 들어가 있었다. 곧 난 주눅이 들었다. 도대체 그동안 난 뭘 했을까. 선배님들에 비해 삶의 경력도 초라하기 짝이 없고 연구 업적도 보잘것없다. 사진도 제대로 찍어 놓은 것도 없고. 그러나 난 스스로 위안했다. 에이, 사진은 영정사진 같아 싫고, 프로필은 어차피 정년 이후에 농부가 될 몸 무슨 필요가 있으랴. 학과장에게 간곡히 부탁하여 그냥 감사의 글로 대체했다.

회갑 기념 논문집을 만들어 주신 여러분께 진심으로 감사드립니다. 40여 년 경희대학교 국어국문학과와 함께한 세월 큰 축복이었습니다. 의미론을 전공한 국어학 연구자로서 학문도 일천하고 연구 업적도 많지 않습니다만, 서구이론 중심으로 의미론을 공부하면서 우리 국어학 연구에 자생적인 언어이론이 없는 것에 대해 늘 안타깝게 생각했습니다. 전통성과 정통성을 지닌 의미이론을 만드는 것이 마지막 소망입니다. 동양의 전체론과 서구의 개체론이 어우러진 이론이 될 것입니다. 평생 청춘을 가르치며 살았습니다. 청춘이 있어 행복했고 청춘에게 과분한 사랑을 받았습니다. 몇 년 뒤면 학교를 떠나게 됩니다. 청춘 곁을 떠나는 것이 못내 아쉽지만 다음 청춘을 위해 떠나는 길이니 기쁜 마음으로 떠나겠습니다. 여러분 모두 고맙습니다.

프로필은 삶의 흔적이요, 과거다. 반면, 스펙은 삶의 준비요, 미래다. 프로필은 비청춘의 몫이요, 스펙은 청춘의 몫이다. 프로필은 이미 지나온 길의 포장이요, 스펙은 아직 가지 않는 길의 포장이다. 스펙은 프로필이 아니다. 스펙은 프로필을 만드는 기초공사다. 프로필은 이미 채워진 그릇이요, 스펙은 비어 있는 그릇이다. 프로필이 모자라 더 채우려 한다면 넘쳐 나고 스펙이 모자라 채우려 하면 자꾸 채워진다. 프로필이 넘쳐 나면 그릇이 깨지지만 스펙이 넘쳐 나면 그릇은 단단해진다. 그러나 거짓으로 꾸며지고 허풍과 허세로 포장된 프로필과 스펙은 모두 허상이 된다. 오히려 가장 악랄한 사회악이 되어 버린다.

프로필과 스펙이 한 인간을 판단하는 잣대가 될 수 있는 것일까. 세상은 왜 겉핥기식의 기록으로 사람을 판단하려 들까. 세상은 왜 이것을 위해 욕심을 부리는 것일까. 정말 이것이 최선일까. 프로필과 스펙의 가장 큰 문제점은 사람으로서 사람이 사람다운지를 가늠할 수 있는 기록이 전혀 없다는 것이다. 현실의 프로필과 스펙은 정말 중요한 것을 간과하고 있다.

난 늘 청춘을 만나고 있다. 적어도 내가 만난 청춘들은 울어야 할 때 울 수 있고 웃고 싶을 때 웃을 수 있는 따뜻한 마음씨라는 스펙을 가지고 있다. 기록된 스펙이 부족하다고 힘들어 하지 말거라. 너희에겐 아름다운 품성이 있지 않느냐. 이 얼마나 굉장한 스펙이냐. 난 너희의 이 스펙으로 취직을 시켜 볼 테다. 두고 봐라. 세상은 험하다지만 험한 세상 다리가 되어 줄 자네들을 기다리고 있다.

프로필은 삶의 흔적이요, 과거다.

반면, 스펙은 삶의 준비요, 미래다.

프로필은 비청춘의 몫이요, 스펙은 청춘의 몫이다.

프로필은 이미 지나온 길의 포장이요,

스펙은 아직 가지 않는 길의 포장이다.

# 내 인생에
## 꽃 장식을
### 한다면

여러 대학을 시간강사로 전전하던 시절, 우리 학교 부근 대학에 출강할 때 인상 깊었던 두 학생이 있다. 이제는 40대 후반에 들어선 두 남녀 학생에 관한 이야기다. 예나 지금이나 강의실 앞자리는 학생들이 잘 앉지 않는다. 뒷자리부터 채우고 나서야 어쩔 수 없이 앞자리에 앉는 것이 보편적이다. 요즘의 강의실 뒷자리는 휴대폰을 켜 놓고 실시간 문자를 주고받는 자리지만 과거에는 다른 과목의 밀린 리포트를 쓰는 자리였다. 그런데 당시 두 학생은 보편적 상식을 깨고 항상 맨 앞자리에 앉았다. 교탁을 중심으로 양옆으로 두 칸 정도 떨어진 좌석에 오른쪽에는 여학생이, 왼쪽에는 남학생이 자리했다. 두 사람은 앞자리를 뺏기지 않으려고 남보다 훨씬 일찍 강의실에 왔다. 두 학생은 내 강좌뿐만 아니라 수강하는 모든 강좌를 그런 수업 태도로 임했을 것이다.

강의 도중 두 남녀 학생을 바라보면 수업 태도가 성실, 열중, 진지 그 자체다. 수업에 임하는 자세가 빈틈이 없고 나무랄 데가 없다. 두 사람에게 발표를 시키면 똑소리 나게 잘한다. 중간고사, 기말고사를 치르면 핵심 내용을 색색가지 볼펜을 사용하여 답안을 쓴다. 리포트를 제출하라고 하면 내용도 풍부하고 창의적이지만 형식 또한 화려하다. 표지를 형형색색 꽃 장식을 한 리포트를 제출한다. 학생들의 리포트는 대개 다섯 가지 유형으로 분류된다. 제대로 하느라고 애쓴 창의적 리포트, 학점을 잘 받기 위한 화려한 리포트, 그저 하라니까 마지못해 하는 평범한 리포트, 하기 싫은 걸 억지로 한 반항적 리포트, 아예 제출도 하지 않는 개무시 리포트가 그것이다. 이 두 남녀 학생의 리포트는 언제나 창의적이고 화려한 리포트였다. 점수를 깎으려 해도 깎을 수가 없었다. 두 학생의 점수는 늘 99점이었다.

나는 당시 이 두 학생을 바라보면서 약간의 연민 같은 것을 느꼈다. 좋은 학점을 받기 위해 성적을 처리하는 교수의 마음을 읽어 내기 위한 치열한 경쟁과 집요함이 섬뜩할 정도였다. '꼭 이래야만 하는가' 나는 이 두 남녀 학생의 미래에 대하여 곰곰이 생각해 본 적이 있다. '어떤 사람이 되어 있을까', '모 아니면 도다', '잘됐으면 대박일 테고 잘못됐다면 쪽박일 것이다' 등등.

며칠 전 이 두 남녀 학생에 대한 소식을 접할 수가 있었다. 40대 후반의 비청춘이 된 두 학생 중 남학생은 '생각이 많은 비청춘'으로 성장했고 여학생은 '생각이 깊은 비청춘'으로 성장했다. 남학생은 '힘이 정의'인 쪽에서 일하고 있었으며 여학생은 '정의가힘'인 쪽에서 일하고 있었다. 남학생은 권력의 편에 서서 권력의힘을 얻어 작은 권력의 끈을 잡아 보려는 사람이 되어 있었고, 여학생은 권력의 반대편에서 권력의 힘에 눌리지 않고 권력에 저항하는 사람이 되어 있었다. 남학생은 정치 집단의 속물들 틈에서그들과 부대끼며 치열한 생존경쟁을 벌이며 일하고 있고, 여학생은 결혼을 하고 남편과 함께 자연을 지키는 파수꾼이 되어 지방으로 내려가 환경단체에서 일하고 있다.

아마도 이 두 사람은 각각 나름대로의 더 값진 삶을 살기 위해자신의 인생에 꽃 장식을 하며 살아갈 것이다. 앞으로 살아갈 날

이 더 많은 비청춘들이니 더 많은 일들을 할 수 있을 것이다. 아직도 많은 고비들이 이들에게 닥칠 것으로 본다. 이 두 사람 중 어떤 삶이 더 행복할지는 아직 알 수 없다.

대중목욕탕에 가 보자. 벌거벗고 들어가면 우리는 그저 신체적 동형 구조의 사람일 뿐이다. 단지 크고 작고의 차이가 있을 뿐 똑같이 숨 쉬는 물리적 존재일 뿐이다. 그러나 다시 나와 옷을 입는 그 순간부터 정신적 존재의 사람으로 바뀌면서 각자 원하는 꽃 장식을 한다. 청춘들이여, 자기 인생에 대해 어떤 꽃 장식을 할 것인가는 다 자신의 몫이지만 부디 사람다운 사람의 향기가 물씬 풍기는 꽃 장식을 했으면 한다.

자기 인생에 대해 어떤 꽃 장식을 할 것인가는 다 자신의 몫이지만
부디 사람다운 사람의 향기가 물씬 풍기는 꽃 장식을 했으면 한다.

# 스물 즈음 청춘이
보내온 편지

    학과가 서로 다른 새내기 네 명과 점심을 먹었다. 첫 학기 대학 생활을 마친 작은 기념식이었다. 우리는 입학사정관제가 맺어 준 멘토와 멘티 사이다. 예순 즈음의 멘토 교수와 스물 즈음의 새내 기 멘티. 멀어도 한참 멀어 보이는 나이. 양푼 김치찌개 한 냄비와 빙수 한 사발을 함께 먹으며 조금씩 마음을 열어 간다. 예순 살 늙 은이와 스무 살 청춘도 멋지게 어울릴 수 있다는 공동 목표를 가 지고 간다.

    그중 항상 얼굴에 미소가 가득한 한 멘티가 스승의 날 때 드리 지 못하고 지금 드린다며 편지 한 통을 내 손에 쥐어 주었다. 연구

실로 돌아와 그 편지를 읽었고 곧 문자를 보내 이 편지를 공개해
도 되겠냐고 물었다. 겸연쩍어 하면서 동의해 주었다. 이 편지 내
용을 가감 없이 소개한다.

교수님, 안녕하세요. 처음에 '멘토링 프로그램'을 할까 말까 고민
을 했었는데, 지금 생각해 보면 괜한 고민을 했던 것 같아요. 멘토
링 프로그램 발대식 날 교수님은 주례를 보러 가셨었잖아요. 그날
다른 선생님에게 교수님의 일화들을 들으면서 다시 한번 저는 정
말 운이 좋은 아이라는 것을 느꼈어요. 그래서 더 교수님과의 만남
을 기대하게 되었던 것 같아요. 교수님을 처음 뵈었을 때, 제가 생
각했던 이미지와는 다르게 '아, 정말 젊다'는 생각을 했어요. 흰머
리가 지긋하시지만 한마디, 한마디 툭툭 내뱉으시는 것조차 제 배
꼽을 들썩이게 해 주시는 교수님을 만나서 저는 너무 행복해요. 사
실 저의 외할아버지는 제가 어렸을 적에 일찍 돌아가셨고, 친할아
버지는 술을 너무 좋아하셔서 할아버지와는 대화를 해 본 적이 많
지 않아요. 그런데 생각지도 않은 대학이라는 울타리 안에서 할아
버지 연배의 교수님을 만나 뵙게 되어서 너무나 기뻐요. '교수'라
는 단어 자체가 뭔가 학생들에게는 거리감을 느끼게 하지만, 교수
님을 만나고 나서는 교수와 제자라는 단어의 느낌들이 한결 편안

해진 것 같아요. 아직 교수님과 많은 대화를 하지는 못했지만, 저에게 '멘토' 교수님이 있다는 것만으로도 든든하고 대학생활의 크고 작은 문제들을 차분히 생각할 수 있게 하는 존재예요.

교수님, 어릴 적부터 만화영화를 보는 것보다 구호단체의 다큐멘터리 프로그램을 보는 것을 좋아했던 저는 '우리 집 수도꼭지에 호스만 달아서 아프리카까지 연결하면 아프리카 아이들이 물을 먹을 수 있지 않을까?' 하는 막연한 상상을 하였어요. 그렇게 시간이 지나면서 '아프리카 한 가구당 수도꼭지 하나 달아주기'라는 막연한 꿈을 가지고 특별한 목표도 없이 하루하루를 무의미하게 살아가던 저는 중학교 2학년 때 아버지께서 기계에 손이 빨려 들어가는 큰 사고를 당하셨어요. 집안 형편이 급속도로 어려워지면서 외아들로서 갑작스런 책임감을 짊어지게 되었고, 제가 잘할 수 있는 일을 찾아 집에 보탬이 되어야겠다고 생각하다가 교내 방과 후 프로그램에서 처음 '요리'를 접하게 되었어요. 그런데 그것이 제 가슴을 뛰게 만들었어요. 그래서 저는 조리고등학교로 진학을 했고, 자격증과 봉사활동을 하면서 고등학교 생활을 보냈었어요. 어릴 적부터 승부욕이 강했던 저는 요리를 시작하면서도 세계 최고의 셰프가 되어야겠다고 생각을 했었는데, 시간이 지나면 지날수록 왜 내가 세계적인 셰프가 되어야 하는지 답을 할 수 없었어요. 그런데 요리봉사활동과 기부활동을 하고 있었던 저는 국제구호단체에 관심을 가지게 되어서 다양한 구호단체에 대해서 알아보던 중, '아프리카 한 가구당 수도꼭지 하나 달아주기'라는 제 꿈을 이룰 수 있는 하나의 방법을 찾을 수 있었어요. 그것은 바로 UN에 소속된 국제구호단체인 'unicef'와 제가 갖고 살아갈 직업인 'chef'를 합쳐보니 'unichef'라는 단어가 나오는 것이었어요.

교수님, 저는 '아프리카 한 가구당 수도꼭지 하나 달아주기'라는 꿈을 이루기 위해서 세계적인 셰프가 되었을 때, 유니세프 한국위원회의 친선대사가 되고 나아가 국제친선대사가 되어서 'unichef'라는 국제요리사봉사단체를 만들어 단순히 물질적인 기부가 아니라, 자신의 재능을 나누는 재능 나눔 문화를 정착시키고 싶다는 목표를 가지고 있습니다. 아직은 많이 부족한 새내기 대학생이지만, 교수님과 1년이라는 시간 동안 많은 가르침을 받고, 또 제가 많이 깨우칠 수 있는 시간이 되었으면 좋겠습니다. 그래서 훗날 저 아이가 내 멘티였다고 자랑스럽게 말씀하실 수 있게 최선을 다해서 노력할게요. 그러니 건강하게 오래오래 사셔서 제가 해 드리는 맛있는 음식 많이 드셔야 해요. 갈수록 조금씩 성장해 나가는 자랑스러운 멘티와 제자가 되도록 약속드릴게요. 스승의 날, 이렇게 교수님께 편지를 쓸 수 있어서 행복합니다.

대단한 글이라서 소개한 것은 아니다. 대단하지 않기 때문에 소개했다. 다만 이 편지 속에는 인생의 밑그림이 그려져 있으며 사랑과 꿈 그리고 이상이 담겨 있다. 이 청춘, 앞으로 자기 인생을 채워 가면서 여러 번의 굴곡을 거칠 것이다. 수백 번의 망설임, 좌절, 자괴감, 성취감, 기회 등이 함께할 것이다. 이 청춘의 소망이 이뤄지는 어느 날 먼발치에서, 이승 아니면 저승에서라도 난 빙긋이 웃고 있을 것이다.

# 셀프 메이드
## 프로젝트

방학을 맞았다. 방학은 셀프 메이드 프로젝트Self made project를 할 수 있는 절호의 기회다. 방학은 분명 매력적이다. 그러나 매력적으로 활용할 때만 매력적이라는 것을 상기하자. 청춘의 시간은 일 분 일 초가 아깝고 소중하다. 허송한 시간만큼 청춘을 뺏기는 것이다.

하동 친구 집에 놀러 갔을 때의 일이다. 하룻밤 신세를 지고 섬진강변의 싱그러운 아침 향기를 맡기 위해 마당으로 나왔다. 그 집 가족이 애지중지하는 개가 함께 따라 나왔다. 처음 본 사람도 쉽게 따르는 붙임성 좋은 개였다. 옆에서 꼬리를 흔드는 모습을 보고 별 관심 없이 집 안으로 들어가 아침식사를 마칠 때였다. 친구 부인이 '개가 없어졌다'고 상기된 표정으로 소리쳤다. '조금 전까지 나와 마당에 있었는데…' 대문이 열려 있었고 개가 밖으로 나가 버린 것이다. 나와 온 친구 가족들이 사방팔방으로 찾아 나섰지만 개는 보이지 않았다. '대략 난감' 죄스런 마음에 서울로 올라오는 발길이 무거웠다. 집에 도착했을 때 하동 친구로부터 전화가 걸려 왔다. 개를 찾았다고. 얼마나 기쁘고 감사한지. 그러나 며칠 뒤 또 전화가 걸려 왔다. 그 개가 죽었다고. 지금 장례식을 치르고 오는 길이라고. 집 안에서 위생적이고 고급스런 음식만 먹던 개가 밖에 나가 돌아다니면서 길에서 아무거나 주워 먹은 것이 탈이었다. 장염에 걸려 죽은 것이다. 반면, 우리 시골에는 여러 집에서 개를 풀어 놓고 산다. 동네 개들이 모여 논두렁을 열 지어 가는 모습을 흔히 볼 수 있다. 거의 다 잡종견들이지만 건강미가 넘친다. 그 녀석들은 논에서 밭에서 길에서 아무거나 주워 먹어도 끄떡없다.

상담을 하다 보면 여러 유형의 청춘을 만난다. 스물두 살이 넘도록 기억나는 것이라곤 학교와 집밖에 없다는 청춘이 있다. 윤택한 가정에 태어나 어려움 없이 안락한 인생을 살아온 청춘. 사고 싶을 때 사고, 뭐든 하고 싶을 때 할 수 있는 청춘. 세상물정 아무 것도 모르고 아주 단순하게 살아온 청춘. 앞으로 살아가야 할 길을 생각할 필요가 없는 청춘. 부모에 의해 모든 것이 결정지어진 청춘. 그렇게 살아온 그 청춘을 바라보는 내 마음은 어둡다. 반면, 인생이라고 말하기에는 아직 덜 채운 인생이지만 싫든 좋든 오래 산 비청춘이 겪어야 할 모든 일들을 경험한 청춘이 있다. 어린 나이에 모진 풍파를 딛고 꿋꿋이 살아온 청춘. 앞으로 살아갈 길이 더 험난해 보이고 막막해 보이지만 자신의 삶에 대한 그 어떤 원망이나 비관도 하지 않는 청춘. 그 청춘 앞에선 저절로 고개가 숙여지고 그 청춘으로부터 많은 것을 배운다.

인생을 안온하게 살아온 청춘들에게 권하노니 방학 동안 셀프 메이드 프로젝트를 시작해 보자. 거칠게 살기를 권유한다. 세상으로 나가 세상과 부딪쳐 보자. 아니꼽고 더럽고 메스껍고 치사한 일을 경험해 보자. 힘없는 사람들 옆에서 같이 힘없는 사람이 되어 보고 서러운 사람들 옆에서 같이 울어 보자. 닥치는 대로 아무거나 먹고 다녀 보자. 배탈도 나 보고 아프기도 해 보자. 다른 사람들은 어떻게 살고 있는지 그 사람들은 무슨 생각을 하며 살고 있는지 살펴보자. 이 프로젝트가 끝나는 날 그대는 새로운 사람이 되어 있을 것이다.

　인생을 힘들게 살아온 청춘들에게 권하노니 방학 동안 셀프 메이드 프로젝트를 시작해 보자. 그동안 복잡하게 살아왔다면 단순하게 살아 보는 거다. 물론 이 험한 세상은 그대를 그냥 내버려 두지 않을 것이다. 더 혹독하고 더 참담한 시련을 안겨 줄 것이 뻔하다. 그때마다 단순하게 생각하자. '그래, 내가 견뎌 온 삶이 나를 지탱해 줄 거야'라고. 그대는 이미 어떤 고난도 이겨 낼 수 있는 면역력이 있지 않은가. 이게 그대의 힘이다. 돈이 없으면 돈을 벌면 되고 힘이 없으면 힘을 키우면 되고 의지할 가족이 없다면 가족을 만들면 된다. 세상은 아직 살아 볼 만하고 괜찮은 사람들이 훨씬 더 많다. 이 프로젝트가 끝나는 날, 그대는 세상을 밝혀 주는 조용한 리더가 되어 있을 것이다.

'그래, 내가 견뎌 온 삶이 나를 지탱해 줄 거야'

## 골방

방학이 되면 골방에 처박히는 청춘이 있다. 여러 방학 계획을 세웠지만 우물쭈물하다 시간만 허비하고 마음도 뒤숭숭해서 공부도 잘 안 되고 제대로 된 알바도 안 들어오고 뭐 딱히 갈 데도 없고 그냥 하루 종일 골방 신세를 진다. 그렇지만 골방 청춘은 천덕꾸러기다. 컴컴한 골방에서 몇 날 며칠 씻지도 않고 컵라면과 과자, 맥주로 식음을 때우고 하루 종일 컴퓨터 앞에 앉아 인터넷과 게임으로 소일하는 청춘. 눈곱 낀 얼굴, 떡 진 긴 머리칼, 퀴퀴한 냄새의 티셔츠, 얼룩덜룩 땟자국이 선명한 파자마. 부모님 눈엔 이게 사람으로 보일 리 없을 것이다.

골방은 다목적이다. 누워 자면 침실이요, 밥 먹으면 식당이다. 책 펴면 공부방이요, 컴퓨터를 하면 피시방이요, 게임을 하면 오락실이요, 요강이 있으면 화장실이다. 노래 부르면 노래방이요, 동성 친구가 오면 하숙방이고, 이성 친구가 오면 작업실이다. 골방에서 오랫동안 헤어나지 못하면 '의식의 감옥'도 된다. 이렇게 골방은 뭐 하나 부족함이 없고 안 되는 게 없다.

　지도자에는 세 가지 유형이 있다. 선두형, 후방형, 골방형이다. 선두형은 '나를 따르라'다. 맨 앞에 나서 상대편과 싸운다. 멋지지만 위험 부담이 크다. 농경사회 지도자형이다. 리차드 왕, 칭기즈 칸 같은 사람들이다. 후방형은 맨 뒤에서 '이래라 저래라' 한다. 맨 뒤에서 상대편을 살핀다. 멋지지는 않지만 위험 부담이 적다. 산업사회 지도자형이다. 나폴레옹, 맥아더 같은 사람들이다. 골방형은 '숨어서 손가락 놀이'를 한다. 골방에서 모든 것을 다 보고 있다. 정보사회 지도자형이다. 빌 게이츠, 스티브 잡스 같은 사람들이다. 그런데 멋지지도 않고 위험 부담도 없는 이 골방형 지도자가 미래 세계를 지배할 것이라는 데 이견이 없다. 미래사회 지도자는 모든 정보를 장악하고 자판을 두드리며 게임하듯 세계를 좌지우지하게 될 것이다. 만일 이런 지도자가 독선적이고 포악한 성품을 지닌다면 어떻게 될지 불 보듯 뻔하다. 우리는 이미 영화 속에서 많이 봐왔고 그런 시대에 깊숙이 진입해 있다. 우리는 지금 8인치 자주포가 두렵지 않다. 우리가 두려워하는 것은 은밀한 골방에서 그 무엇을 하고 있는 사람들이다.

청춘들에게 권하고 싶다. 딱히 갈 데가 없다면 골방에 처박혀 보자. 거기서 무엇을 하든 자유다. 골방에선 내가 최고다. 우선 한잠 늘어지게 자고 일어나 컵라면 하나 먹고 게임을 하자. 게임을 하다 지치면 게임을 분해해 보자. 그리고 상상의 나래를 펼쳐 보는 거다. 일정한 대주제를 구상하고 집중력 있게 그 대주제에 맞는 세상의 모든 정보를 내 머릿속에 혹은 내 컴퓨터 속에 담아 보자. 그리고 세상을 몰래 내 것으로 만들어 보자. 상상 속에서 세계를 쥐락펴락하다 보면 어느 날 꿈이 아닌 현실에서 멋진 지도자가 되어 있을 것이다. 그러다 보면 어딘가가 막혀 있다고 판단될 것이다. 그것을 뚫어 주자. 막히는 것도 내 일이고 뚫는 것도 내 일이다. 결코 남이 해 주지 않는다. 모든 것이 내 안에 있다. 인문학 청춘은 몽상을 하자. 이공학도는 공상을 하자. 그리고 이것을 내년 방학엔 현실로 만들어 보겠다고 다짐하자. 실패할 확률이 99퍼센트지만 못할 것도 없다. 영화 「아바타」가 어떻게 만들어졌는가. 결국 몽상과 공상의 창의력이 빚어낸 결과물이다.

여러 이유로 골방을 가질 수 없는 청춘도 있을 것이다. 나만의 골방이 없다고 투덜댈 필요 없다. 물리적 골방보다 심리적 골방이 더 중요하다. 물리적 골방을 찾으려면 도서관으로 가자. 도서관 골방은 열람실 구석이다. 거기서 학점도 따고 취직도 하고 유학도 간다. 연구실도 골방이다. 연구실은 윤기 나는 본관 한복판에 위치하지 않는다. 연구실은 건물 후미진 곳에 있다. 지저분하고 음습한 냄새가 나지만 거기에서 모든 것이 나온다. 구태여 물리적 골방을 일부러 찾을 필요 없다. 심리적 골방은 어디서든 가능하다. 시끄러운 전철 안도 좋은 골방이다. 머릿속에 골방을 만들면 된다. 내 머릿속 사전을 동원하여 별의별 생각을 다 해 보는 거다. 생각하는 동안 어느새 목적지에 다 와 있을 것이다. 머릿속 골방은 축지법을 쓴다.

딱히 갈 데가 없다면 골방에 처박혀 보자.
거기서 무엇을 하든 자유다. 골방에선 내가 최고다.

# 2

내일에게
안부를 묻다

# 청춘
## 레퀴엠

청춘들이 자꾸 죽고 있다. 리조트 천장이 무너지는 사고로 오리엔테이션에 참가한 여럿의 대학생 청춘들이 세상을 떠나더니, 여객선이 침몰하는 전대미문의 사고로 수학여행을 떠난 수백의 고등학생 새싹 청춘이 세상을 떠났다. 또 여럿의 군인 청춘들이 총에 맞고 사람에 맞아 유명을 달리하고 있다. 허구의 세계에서도 차마 쉽게 다룰 수 없는 이야기들이 현실에서 아무렇지도 않게 양산되고 있다. 청춘의 하루하루가 불안하고 위태롭다. 요즘 들어 왜 이런 참담한 사고가 우리 청춘들 앞에 빈번히 발생하는 것일까. 한 명의 청춘이 아쉽고 소중한 이 시기에 무엇이 우리 청춘들을 저세상으로 내모는 것일까.

청춘은 아무것도 가진 것이 없다. 그저 젊음과 뭔가 하고자 하는 열정과 의지가 있을 뿐이다. 그것을 밑천으로 앞으로 각자 소망하는 것을 가져야 한다. 몇몇 청춘은 힘 있는 비청춘이 만들어준 조롱 속에서 키워지지만 대다수의 청춘들은 세상이라는 거친 들판에서 살아남아야 한다. 이런 처연한 현실에 내동댕이쳐진 것도 서러운 판에 생활의 안전조차 보장받지 못하는 사회에서 우리 청춘은 아무 기대할 것이 없어 보인다.

새싹 청춘들을 속절없이 죽이는 무책임한 나라, 어린 청춘들이 물속에 잠겨 있어도 우왕좌왕 어찌할 줄 모르는 무능력한 나라, 귀하고 아까운 어린 청춘들을 저세상에 보내 놓고 죄책감조차 정쟁으로 해결하려는 몰염치의 나라, 어설프게 포장된 허술한 나라, 기본과 기초가 튼튼하지 못한 사상누각의 나라, 아직도 '짐이 곧 국가'라는 루이14세의 향수에 젖어 사는 전근대적 사고를 가진 나라, 사람을 때려죽여도 때려죽인 사람을 편드는 나라. 이게 21세기 동북아 시대를 열 조용한 아침의 나라라고 불리던 한 문명국가의 현주소다.

정부, 기업, 학교 등 모든 사회 조직에서 한 개인이 모든 권력을 쥐고 운영 조직은 그 개인의 권력을 비호하는 하수인으로 전락하고 그 하수인들은 권력의 주변에서 기생충처럼 기생하며 그 권력을 세습하고 부끄러움도 모르고 자신의 잘못을 다 남의 탓으로 돌리는 뻔뻔하고 허접한 엘리트 비청춘들이 사회 조직을 이끌고 있는 이상, 청춘 레퀴엠은 계속 들릴 수밖에 없다.

청춘이 없으면 국가도 없다. 청춘이 없으면 교육도 없다. 청춘을 죽이는 국가는 국가가 아니다. 청춘을 버리는 교육은 교육이 아니다. 국가 정책의 최우선은 청춘에게 자기의 능력을 마음껏 발휘할 수 있는 희망의 전진기지를 마련해 주는 일이다. 교육 정책의 최우선은 젊음의 패기와 용기를 북돋아 줄 수 있는 정신적 토양을 마련해 주는 일이다. 청춘은 미래다. 그러나 청춘이 없는 미래는 죽은 미래다.

연구실 창문을 열면 '평화의 전당'이 한눈에 들어온다. 두 대의 버스에서 고등학생으로 보이는 새싹 청춘들이 쏟아져 내린다. 왁자지껄 소란스럽다. 새싹 청춘들의 밝은 목소리가 푸른 신록과 어우러져 싱그럽기 짝이 없다. 청춘이 만들어 낸 소리. 밝고 맑고 활기차고 웃음이 가득 담긴 소리. 이 소리가 세상을 지탱하는 힘이다. 이것이 곧 미래의 소리다.

청춘들이여, 현실에 안주하는 독배를 마시지 말거라. 비청춘이 계획해 놓은 미래는 미래가 아니다. 비청춘이 설계해 놓은 미래에 우롱당하지 말거라. 비청춘은 생리적으로 교활하다. 그들의 달콤한 말에 현혹되지 말거라. 세계의 역사가 말해 주듯 비청춘은 항상 청춘을 이용했다. 만일 비청춘의 설계대로 따라가고 실행한다면 그저 꼭두각시가 될 뿐이다. 청춘들이여, 미래는 누가 누구에게 베풀듯 만들어 주는 것이 아니다. 자기 스스로가 자신의 아이디어로 만들어 가는 것이 미래다. 누가 시켜서 하는 일과 스스로 하는 일은 같은 일이라도 엄청난 차이가 있다. 스스로 창조하는 미래가 진정한 미래다. 교황의 말처럼 '청춘들이여, 깨어 있으라.'

## 그대 아직도
소시민을 꿈꾸는가

외모로나 공부로나 성격으로나 참 괜찮은 청춘의 대학 생활을 스크랩해 보자. 고등학교에서 어렵사리 공부해 만족스럽지는 않지만 그럭저럭 괜찮은 대학에 들어와 신입생 시절을 정신없이 보낸다. 이것저것 하고 싶은 것도 많고 할 것도 많았는데 별 신통치 않은 교양학점을 따니 벌써 2학년. 남들은 어학연수다 자격증이다 바쁘다는데, 난 그냥 걱정만 하다가 3학년. 등록금도 버거운데 용돈 달래기 뭣하고 집에 미안해지고. 알바를 하긴 해야겠는데. 휴학을 해 버릴까. 일단 등록부터 해 놓고 보자. 근데 뭐 이렇게 할 일이 많은지, 전공과목 장난이 아니네. 이제야 비로소 내가 무슨 과를 다니는지 실감이 난다. 그리고 순식간에 4학년. 어느덧 앳된 모습은 사라지고 얼굴에 주름도 보이고. 짜증이 밀려오고 답답한 하루하루. 구직하기 위해 이곳저곳 기웃거려 보고 공부는 잘 되지 않고 마음만 바쁘고. 졸업 가운을 입었지만 무겁게 느껴지고. 보험처럼 들어놓은 마이너 직장은 맘에 안 차고. 에라, 모르겠다. 젠장. 일단 한번 다녀 보고 안 되면 다시 공부해 대학원 가는 거지 뭐.

위촉 입학사정관 평가를 할 때면 자기소개서를 먼저 본다. 자기소개서는 그 학생의 과거와 현재 그리고 앞으로 살아갈 미래에 대한 진술이다. 거짓으로 쓰면 안 되지만 꿈은 담을 수 있다. 모두 꿈이 거창하고 크다. 모두 반기문 같은 사람이 되고 싶어 하고 모두 사회적 약자를 위해 큰 사람이 되어 큰일을 하고 싶어 한다. 사회적 약자를 위하여 일하려면 낮은 곳에서 작은 일로부터 시작해야 함에도 불구하고. 그렇게 큰 꿈들이 대학 4년을 지내면서 졸아들고 작아진다. 소시민 청춘이 되어 버린다.

이름하여 소시민 청춘. 대학 나와 괜찮은 직장 얻어서 밥 먹고 살고 재미있는 취미를 즐기면서 예쁘고 잘생긴 짝 만나 결혼하고 적당한 아파트 한 채 마련해 아들 딸 중 하나만 낳아 그냥저냥 살다가 나이 먹어 정년이 되면 연금 받고 살다가 복지시설에서 저세상으로 가면 되지 뭐. 인간사 별것 있나. 맞는 말이다. 그렇게 살면 된다. 근데 세상은 그렇게 원대로 편히 살 수 있게 해 주지 않는다. 직장을 구하기도 힘들고 아파트 한 채 마련하기도 힘들고 괜찮은 짝 만나기도 힘들고 복지시설 들어가기도 힘들다. 소시민 청춘 되는 것도 쉽지 않다.

누구나 한 시대를 살아간다. 돈과 권력을 가진 자로 살아가든, 지식과 명예를 가진 자로 살아가든 그럭저럭 먹고사는 소시민으로 살아가든 다 자유다. 그런데 문제는 돈과 권력, 지식과 명예를 가진 자들이 자기들의 기득권을 유지하기 위해서 대부분의 청춘이 소시민 청춘으로 키워지기를 바라고 있다는 점이다. '너희는 소시민으로 살아가기도 어렵지 않으냐. 우리가 조금 보탬이 되어 줄 테니 그냥 그렇게 조용하게 살다가 가라'는 무언의 압력을 불어넣는 셈이다. 고대, 중세에나 있을 법한 또 다른 형태의 중우정치가 이 시대를 지배하고 있다. 은연중 청춘의 정신세계에 족쇄를 채우고 있는 것이다.

단언컨대, 청춘을 소시민으로 만들고 싶어 하는 사회는 발전이 없다. 청춘은 역동적이어야 한다. 청춘은 늘 터닝 포인트에 위치해

있어야 한다. 청춘은 개혁과 혁명의 중심에 있어야 한다. 청춘을
주눅 들게 하는 사회는 이미 죽은 사회나 다름이 없다.

청춘을 소시민으로 만들고 싶어 하는 사회는 발전이 없다.

청춘은 역동적이어야 한다.

청춘은 늘 터닝 포인트에 위치해 있어야 한다.

청춘은 개혁과 혁명의 중심에 있어야 한다.

청춘을 주눅 들게 하는 사회는 이미 죽은 사회나 다름이 없다.

## 다 포기하지 마

'5포 세대'라는 신조어가 청춘들의 입에서 회자되고 있다. 연애를 포기한 연포, 결혼을 포기한 결포, 출산을 포기한 출포, 주택을 포기한 주포, 인간관계를 포기한 인포 등을 짊어진 청춘을 일컫는 말이다. 현재의 청춘들이 얼마나 절박한 심정으로 이 세상을 살아가고 있는지를 여실히 보여 주고 있다. 최근 우리나라의 모든 경제 지표들이 이런 현상을 그대로 증명하고 있어 더욱 안타깝고 씁쓸하다. 도대체 포기할 걸 포기해야지 이런 걸 다 포기한다는 말인가. 정말 말도 안 되는 일들이 벌어지고 있다.

연애와 결혼 그리고 출산, 내 집 마련과 인간관계 등 이 다섯 가지는 인생살이에서 절대 포기돼서는 안 될 중요한 삶의 과정이다. 사람은 누구나 태어나서 죽을 때까지 네 가지 통과제의를 거친다. 탄생제의, 성년제의, 결혼제의, 죽음제의가 그것이다. 우리네 가정에서도 돌잔치, 성년식, 결혼식, 장례식은 어느 의식보다도 가장 성대하게 치르고 있다. 그런데 5포는 통과의례 중 성년제의와 결혼제의 두 가지 의례를 포기하는 것과 마찬가지다. 5포를 해야만 하는 청춘은 태어나고 죽는 행위만을 하겠다는 것으로 결국 아무 의미 없는 삶을 살아가고 있다는 것을 반증한다.

동물을 보자. 모든 동물은 태어나 성년이 되어 짝짓기를 하고 출산하고 독립하여 자기 집을 마련한다. 그리고 동일한 개체들과 더불어 무리를 지어 사회생활을 한다. 동물들도 자연스럽게 통과의례를 거친다. 동물도 이럴진대 고등동물인 사람으로 태어나 동물로서의 일반적인 삶의 패턴조차 포기한다면 동물만도 못한 삶을 사는 것이다.

우리 역사를 돌이켜 보면 항상 어려웠지 편안하고 행복한 역사는 없었다. 과거의 국가는 몇몇 왕족과 귀족, 토족 세력들을 위한 국가였다. 대부분의 백성은 헐벗고 배우지 못하고 노예 같은 생활을 했다. 동물과 별반 다르지 않은 삶을 살았지만 그래도 사람으로 태어나 연애를 하고 결혼을 하고 자식을 낳고 움 속 같은 집에서 살면서 서로 소통하고 관계하며 즐거움을 찾고 살았다.

인간은 이성의 동물인 동시에 쾌락을 즐길 줄 아는 동물이다. 연애와 결혼, 출산은 인간의 행위 중 가장 손꼽히는 쾌락적 요소다. 사랑하는 사람을 만나는 것도 아름다운 쾌락이요, 그 사람과 성적 행위를 하는 것은 그 어느 것보다 우월한 쾌락이다. 출산 또한 힘들지만 기쁨을 주는 일이다. 내 집을 마련해 보라. 이처럼 기쁜 일이 어디 있는가. 내 집 마련 또한 쾌락의 정점에 있다. 원만한 인간관계는 탄탄한 생존의 쾌락을 가져다준다. 다시 말해서 5포는 인생살이의 가장 커다란 쾌락적 요소들을 포기하는 것과 마찬가지다. 쾌락이 없는 삶은 삶이 아니다.

연애를 포기하면 당연히 결혼을 포기하게 되고 결혼을 하지 않으니 출산은 필요 없게 되고 가정을 이루지 않으니 주택 마련도 욕심이 안 나고 이러다 보면 인간관계가 제대로 될 리 만무다. 마치 절망적 인생의 도미노와 같은 현상이다. 이런 청춘들의 포기 현상이 확대되고 지속된다면 국가 존립조차 위태로워질 수 있다.

가뜩이나 많은 청춘들이 어처구니없는 사고로 세상을 떠나고 있다. 정부는 지금 무얼 어쩌려고 하는지 답답하기만 하다.

누구를 탓한다고 될 일이 아니다. 청춘 스스로가 치고 나가야 한다. 안 될 거 없다. 청춘이 도대체 뭐냐. 기대지 말자. 비청춘들이 만들어 놓은 사회에 기대지 말자. 돈이 없다면 돈을 벌면 된다. 마음만 먹으면 돈 벌 곳은 얼마든지 있다. 연애? 밖에 나가보라. 괜찮은 청춘 남녀가 넘쳐 나고 있다. 눈을 크게 뜨면 자기 짝은 얼마든지 찾을 수 있다. 결혼? 저질러라. 그리고 시작해라. 혼자보다 둘이 생각하면 훨씬 좋다. 아기? 낳아 버려라. 아기들도 다 자기 몫은 챙기고 나온다. 주택 마련? 기준을 조금만 바꾸면 집은 얼마든지 있다. 인간관계? 우선 핸드폰을 버려라. 그럼 사람이 보인다. 청춘에게 포기라는 단어는 없다.

# 미래가
## 매력적인
### 이유

시인 조병화는 평생 50여 권의 시집을 간행할 정도로 다작으로 유명했다. 그 여러 편의 시 중에 「어머니」, 「의자」 등과 같은 시는 국어교과서 첫머리에 나올 정도로 주옥같다. 시뿐만 아니라 글씨, 그림에도 조예가 깊어 웬만한 서예가, 화가를 능가하였다. 그분은 항상 자신을 방문하는 학생들에게 직접 먹을 갈아 '꿈'이라는 글씨를 정성스럽게 써 주었다. 마치 그림 그리듯 독특한 필체로 하얀 화선지 혹은 자신의 시집 내표지에 써 주며 "우리 사랑하는 청춘들, 꿈을 가지시게."라 말씀하시곤 했다.

며칠 전 오랜만에 도심의 유명 책방에 들렀다. 모든 학문 영역의 책들이 한곳에 모여 있는 거대한 규모다. 실로 지식의 보물창고다. 이 보물창고에 청춘들이 넘쳐난다. 뿌듯하다. 정말 뿌듯하다. 여기 우리의 미래가 있다. 그런데 청춘들이 구름처럼 모여 있는 가판대 앞을 지나가다 일순 가슴이 답답해진다. 거기는 주로 사람의 운명을 예견해 준다는 예언서나 역술서가 가득한 곳이다.

왜 이렇게 많은 청춘들이 자신들이 가야 할 길을 미리 가 보고 싶어 하는 걸까. 이제 막 시작하는 인생의 출발점에서 왜 서둘러 인생의 끝으로 향하는 세계에 들어가고 싶은 것일까. 아마도 자신의 불투명한 앞날에 대한 허기를 메우려고 하는 작은 어깻짓일 게다. 아마도 자신의 앞날에 대한 불안감과 두려움을 조금이나마 해소해 보고 싶은 소박한 욕망일 게다. 가판대를 삥 둘러싸고 예언서와 역술서를 읽고 있는 청춘들의 뒷모습을 먼발치에서 지켜보면서 만감이 교차한다.

꿈에는 두 가지 종류가 있다. 밤에 꾸는 꿈과 앞날을 생각하는 꿈이다. 전자는 '몽환'이요, 후자는 '미래'다. 밤에 꾸는 꿈은 일회성이다. 다음 날 아침 대부분 잊는다. 앞날을 생각하는 꿈은 한 개인이 살아갈 삶의 파노라마다. 꿈은 곧 한 개인의 역사 창조다. '꿈을 지녀라', '꿈은 이루어진다' 등등 귀에 못이 박이도록 들어온 말이지만 많은 선각자들이 여전히 그 말에 무게를 싣는 것은 그만큼 귀한 말이기 때문이다.

꿈은 일종의 과정이다. 꿈만 꾼다고 해서 이루어지는 일은 아무것도 없다. 그렇기 때문에 꿈은 미래다. 미래는 미리 알 수 없어 매력적이다. 미래를 알 수 있다면 이미 미래가 아니다. 미래를 알아 버리면 꿈꾸지 못한다. 아직 가 보지 못하고 해 보지 못한 미지의 내 삶의 파노라마를 만들어 간다는 것. 이 얼마나 신나고 멋진 일인가.

꿈은 분명 꿈꾸는 자의 몫이다. 꿈은 누가 대신해 주지 못한다. 엉터리 미래를 믿고 자신의 인생을 맡기는 것처럼 어리석은 일은 없다. 엉터리 미래를 믿는다는 것은 자신이 엉터리라는 뜻이다. 엉터리 미래를 믿는 일은 청춘들이 해서는 안 될 가장 첫 번째 비행이다.

종종 자신만의 꿈을 꿀 겨를도 없이 엄마의 대입 프로젝트에 끌려다니며 쫓기듯 대학에 들어와 숨 돌릴 틈도 없이 다시 엄마의 취업·결혼 프로젝트에 끌려다니는 청춘을 본다. 자신의 미래를 찾지 못하고 '난 꿈이 없어 슬프다'고 눈물을 흘리는 청춘을 본다. 냉혹한 삶의 현장에서 꿈을 이야기하는 것조차 사치스러운 청춘을 본다. 아예 꿈꿀 생각조차 하지 않고 남의 꿈에 편승해 보려는 무뇌 청춘을 본다. 안쓰럽고 안타깝다는 것을 떠나 너무 서럽다.

미래를 미리 가 보고 싶은 청춘들에게 고하노니 이제 머뭇거리지 말고 꿈을 꾸자.

미래는 미리 알 수 없어 매력적이다.
아직 가 보지 못하고 해 보지 못한 미지의
내 삶의 파노라마를 만들어 간다는 것.
이 얼마나 신나고 멋진 일인가.

## 내 사랑
4학년

호주로 어학연수 다녀온 게 바로 며칠 전인데, 한 주를 채 넘기지 않고 봉사활동 가나. 아무리 스펙도 좋고 아프리카도 좋지만 이건 좀 너무하네. 자네 친구들 며칠 뒤면 기말고사 보고 4년 동안 고운 정 미운 정 다 든 학교를 떠난다네. 자넨 이메일 한 쪽 달랑 보내고 다시 해외로 가는군. 따뜻한 밥 한 끼 사 주려 했는데.

자넨 지방의 조용한 소도시에서 고등학교 나왔지. 자넨 참 복도 많네. 지방에서 오기 힘든 우리 대학 들어왔으니. 동네에 플래카드 걸리지 않았나. 아, 스카이가 아니니까 안 걸렸겠군. 작년 이맘때, 어느새 서울생활 익숙해져 촌티 벗고 압구정동에 놔둬도 괜찮을 세련된 옷 입고 내게 호주 간다고 씩씩하게 말하던 때가 엊그제 같은데 또 아프리카로 가나. 거긴 왜 가나. 예쁜 얼굴 새카맣게 탈 텐데.

기업체 취직할 때 면접관들이 휴학했다면 휴학기간 동안 뭐 했냐고 물어보고 별것 안했다면 점수를 깎는다고 하던데 사실인가. 그래서 또 해윈가. 참 이놈의 나라는 바람난 나라네. 바람나라고 강요하는 나라 같아. 차분히 공부하게 놔두질 않아. 고등학교 때부터 학생회장도 기를 쓰고 해야 하고 하다못해 학급반장이라도 해야 하네. 산지사방으로 다니며 봉사활동도 해야 하고 어디 이름 모를 민간단체에서 자격증도 받아야 하고 여기저기 기웃거리면서 발표다 뭐다 해서 엄청난 포트폴리오를 만들어야 하네. 파김치가 되어 밤늦은 시간엔 수능 학원 가야 해. 학생부가 중요하다니 악착을 떨어 1등급을 받아야 하고 논술 준비도 해야 하니 엉터리로 번역된 헤겔의 변증법도 읽어야 해. 엄마 잔소리도 들어야 하고 때로 기분풀이도 해야 하고. 학생부면 학생부, 수능이면 수능, 토플이면 토플, 스펙이면 스펙, 논술이면 논술 참으로 우리 땅 아이들은 완벽한 인간들이네. 이렇게 해야 스카이를 기웃거릴 수 있어. 근데 그게 쉽지 않아. 그러면 서성한중경외시라도 들어가야 해. 그렇지 않으면 사람 대접 못 받으니 죽을 둥 살 둥 허둥지둥 뭔가를 해야 한다네. 이렇게 허둥대지 않으면 불안해서 못살아. 아니 엄마가 불안해서 못살아. 이젠 아빠도 불안해 한다네. 이따금 할아버지도 불안해 하신다네. 내 손자 스카이 다닌다고 친구들에게 자랑해야 하니까.

근데, 대학에 들어와서 또 한다는 짓거리가 다시 스펙이고 포트폴리오란 말이냐. 고등학교 때와 뭐가 다르지. 도대체 대학이 뭐하는 곳이냐. 대학을 뭘로 아는 거야. 아니, 자네한테 하는 말이 아니고 그냥 못나 빠진 세상 돌아가는 꼴이 화가 나서. 고등학생도 아니고 특별활동 하러 대학에 다닌다면 그만두게. 학과가 뭐 필요하고 전공이 뭐 필요 있겠나. 아니, 자네에게 하는 말이 아니고 그냥 대학 선생으로서 화가 나서.

아프리카 가면 많이 더울 텐데. 벌레도 많고, 잠자리도 편치 않을 테고 냄새도 많이 날 거야. 어쩌면 병 걸리고 생명의 위협도 느껴야 할걸. 아프리카 가서 코끼리 한 마리 못 보고 오는 사람 많단다. 이미 씨가 말라서 돈 주고 국립공원에나 가야 볼 수 있단다. 모르긴 몰라도 자네 성품에 봉사활동 내내 울고 다녀야 할 거야. 때로 가슴에 치밀어 오르는 분노도 삭히면서. 그 나라 아기들, 엄마들 딱하고 불쌍하고 이렇게 만든 나쁜 새끼들에게 욕 나오고. 그래, 이왕 가는 이상 열심히 하게. 많이 보고, 듣고, 메모하고, 무엇이 문제인지 사색하고. 하늘 아래 기죽어 사는 순박한 사람들, 그 사람들과 같이 울고 같이 웃고 사람을 배우고 오게. 그것이면 됐네. 이번엔 길지 않다니 곧 볼 수 있을 테지. 자네 참 대견하네. 근데 난 자네한테 왜 이렇게 미안한 거지.

# 다시,
## 내 사랑
## 4학년

날씨가 꽤 추워졌네. 참, 자네 오늘 보험회사 면접 가는 날이군. 며칠 전 내게 전화했지. 수업시간 빠지게 돼서 죄송하다고. 가서 잘하게. 회사 면접이 한두 번이 아닐 테지만 그래도 떨리고 당황스러운 건 마찬가지일 테니까. 내가 살던 곳과 다른 세계에 첫발을 내딛는다는 건 두렵고 막막하고 가슴 졸이는 일이지. 그렇지만 자네 나이가 한두 살인가. 군대도 갔다 오고 몇 년 뒤면 30줄에 접어드는 나이에 뭘 걱정하는가. 기말시험을 앞두고 취직자리 알아보고 다니는 자네가 안쓰럽네. 그렇다고 기말시험을 포기하진 말게. 나중에 후회할 일이 생길 테니. 어느 정도 방어전을 펴야 하네. 성적증명서가 또 필요하지 않겠는가. 그때를 대비해야지.

군입대하기 전 자넨 친구들과 잘 어울려 다녔지. 신입생 오리엔테이션 때 2학년으로 따라와서 나를 골려먹던 친구 아닌가. 복학했다는 소식을 들었네만 한동안 자네가 어디서 뭘 하는지 몰랐네. 우연히 문과대 앞에서 자네와 함께 나를 골려먹던 친구에게 자네 소식 들었지. 도서관 열람실 2층 구석에서 자리 차지하고 공부하고 있다고. 학과 공부는 진작 때려치우고 취직 공부하고 있다고. 점수야 어떻든 3학년 학과 학점은 다 따 놓고 요즘에는 복수 전공하는 경영학 과목만 수강하고 있다고. 대기업 추천서 한 장 받아 보려고 이리 뛰고 저리 뛰고 있지만 아예 원천봉쇄당하고 있다고. 학과가 원망스럽다고 말했나.

　2학기 초에 자네 처음 봤네. 내 과목 수강신청했더군. 강의실에 들어가니 자네가 앉아 있길래 까불까불하던 옛 모습이 생각나서 반가운 마음으로 농담을 던졌는데 표정 없이 날 대해 좀 머쓱했네. 그날 이후 자넨 어쩌다가 한 번씩 강의실에 나타나 뒷자리에서 손님처럼 앉아 있다가 강의가 끝나면 아무 말 없이 강의실을 나가곤 했지. 또 간혹 나타나 수업시간에 조는 모습을 보고 난 화가 많이 났었지. '저 아이가 날 뭘로 알고.' 그날 난 자네를 연구실로 따로 불러 자네에게 심한 꾸중을 했네. 그런데 더 화가 났던 건

꾸중을 듣는 순간에도 내내 무표정한 얼굴로 나를 바라보는 자네 모습이었네.

며칠 뒤, 연구실 문틈에 밀어 둔 작은 편지 한 통 '죄송합니다.' 그리고 우린 단둘이 술자리를 했지. 그리고 자네의 깊고 깊은 마음속 이야기를 들었네. 자네 얼굴 보면 별 고생 없이 자란 것 같아 보이네만 젊은 나이에 뭐 그리 인생이 복잡한가. 그렇게도 많은 쓰라린 기억들이 그 작은 가슴 속에 들어 있었다니. 부모님 이혼하고 제대 후 거처할 데가 없어 고시원에 있다가 쫓겨나 변변히 밥 한 끼 제대로 먹지 못하고 찜질방을 전전하다가 아침에 다시 도서관으로 그리고 해 지면 밤늦도록 대리운전하고. 찜질방 비용도 필요하고 입에 풀칠이라도 해야 하니까. 새로 부인을 얻은 아버지 늘 속상하게 하고, 어디서 뭘 하는지 알 수 없는 어머니 불쌍하고, 원주 보육원 시설에 있는 여동생 가련하고.

자네의 짧은 말 긴 사연에 취하고 자네 눈물에 취하고 술에 취한 그날, 자네와 헤어져 연구실에서 잤네. 그냥 먹먹해져서. 도대체 난 뭔가. 내가 여기서 지금 뭐 하고 있는 거지. 연구실에서 남몰래 많이 울었네.

'왜 이렇게 괜찮은 친구를 아프게 하십니까.'

'왜 이렇게 착하고 성실한 친구를 몰라주십니까.'

'왜 이렇게 울리십니까.'

'정의는 어디 있는 겁니까.'

'이게 뭐하자는 겁니까. 거지같이.'

아침에 자네 불러 해장이나 할까 하고 전화했더니 동생 보고 싶어 시외버스 터미널에 있노라고. '이놈아, 아침부터 니가 날 또 울리는구나.' 자넨 참 대단하네. 이 험한 세상에 무너져도 벌써 무너졌어야 할 인간이 무너지지 않고 이렇게 씩씩하니. 자네 꿈이 취직해서 엄마와 동생 데려다 같이 사는 일이라고. 자넨 참 멋진 꿈을 꾸고 있네. 자네의 꿈은 결코 소박하지 않네. 자네의 꿈이 아름다운 한 그 꿈은 반드시 이루어질 걸세. 내가 장담하지. 근데 난 작은 일에도 노여워하고 힘들어하고 남을 원망하고. 난 못된 놈 같아. 자네도 나처럼 일찍 장가가긴 틀렸네. 결혼 적령기에 홀어머니 모시고 햇수로 10여 년을 시간강사 했으니 내게 시집올 여자가 어디 있었겠나. 아예 마음 접었었지.

사는 데 바빠 친구 하나 변변히 사귀지 못했을 텐데, 내가 벗해 주지. 난 늙은 벗이라 오래가지 못하니 나보다 훨씬 더 좋은 청춘 친구 많이 사귀어 두게. 자네 더 이상 울지 말게. 자네 대신 내가 울어 줄게. 청춘은 울지 않는 거야. 눈물샘이 막혀 손수건을 달고 사는 내가 눈물은 더 어울리니까. 자네에게 화내서 미안하네.

자네 대신 내가 울어 줄게.
청춘은 울지 않는 거야.

# 벤치
## 앞에서

문과대학 건물 외벽에 일명 '팔뚝이'라는 벽화가 그려져 있다. 오랜 세월 눈비 맞아 빛이 바래 있지만 제법 고풍스럽다. 이 그림은 꽤 알려진 민중벽화다. '팔뚝이'는 보는 이에 따라 다양한 인물로 보인다. 머리띠를 두르고 포효하는 모습이 청년 학생처럼 보이기도 하고 청년 노동자처럼 보이기도 한다.

팔뚝이 앞에는 벤치가 일렬로 쭉 놓여 있다. 주로 문과, 이과 대학 학생들의 쉼터지만, 오늘따라 단풍이 짙게 물든 벽화 앞 벤치에는 흥미로운 풍경이 잡힌다.

삼삼오오 모인 학생들 사이에 젊은 시간강사 한 사람이 홀로 벤치에 앉아 담배를 피우고 있다. 학생들이 시킨 짜장면을 배달한 중국집 청년이 철가방 오토바이 옆에서 전화를 걸고 있다. 단풍구경 나온 유치원 아이들이 옹기종기 모여 선한 인상의 선생님을 따라간다. 학교에서 아웃소싱한 회사의 젊은 미화노동자가 흩어진 낙엽을 쓸어 담고 있다. 그 옆에 학교 앞 편의점에서 알바 하는 중국인 학생이 동향 친구와 함께 벤치에서 큰 소리로 이야기하고 있다. 문과대학에 택배 배달 온 오토바이 청년도 잠시 벤치에 앉아 담배를 피우고 있다.

우리 학생들, 시간강사, 짜장면 배달원, 유치원 선생님, 미화노동자, 알바 중국인 학생, 택배기사. 이들의 공통점을 찾아보자. 모두 2030의 청춘들이다. 그리고 다 비정규직이다. 포괄적 직업 개념으로 본다면 학생도 비정규직이다. 팔뚝이 앞 문과대 벤치는 비정규직 청춘의 천국이다. 이 청춘들이 문과대 벤치에 오기까지 얼마나 많은 고단함과 고초를 겪었을까.

공부를 곧잘 해 미국 유학까지 다녀왔지만, 이 눈치 저 눈치 보면서 어렵사리 따낸 시간강사 자리. 연구 실적과 강의평가가 기준보다 모자라면 그나마도 쫓겨날 신세다. 집에 있을 아내와 어린 자식, 그리고 시골에 계신 부모님이 눈에 어른거릴 게다. 짜장면 배달 저 청년, 젊디젊은 나이에 얼마나 많은 사연을 가슴에 안고 있을까. 유치원생만큼이나 고운 유치원 선생님, 얼마나 많은 밤을 번민으로 지새웠을까. 나이 먹은 노동자들이 대부분인 청소일을 혈기왕성한 청년 노동자가 하기까지 얼마나 많은 풍상을 겪어 왔을까. 가죽 재킷의 저 택배 청년, 오토바이를 타고 서울 거리를 누비고 다니며 하루에도 몇 번이나 죽음의 문턱을 넘나들고 있을까. 우렁찬 목소리의 저 중국 청년, 중국에서 여기로 유학을 오기까지 얼마나 많은 시간을 몸을 뒤척이며 뜬눈으로 밤을 지새웠을까. 그런데도 아직 갈 길이 멀어 보이는 비정규직 청춘들.

  그 틈 사이로 문과대학 4학년 학생이 고개를 내민다.

  '교수님, 저…' 하며 서류를 내보이며 추천서에 사인을 해 달란다. 벌써 27통의 이력서를 쓰고 앞으로 몇 통의 이력서를 더 준비해야 할지 모르겠노라고 하며 교정 밖으로 총총히 발걸음을 재촉한다. 일일이 손으로 써야 하는 자필 이력서와 자기소개서 쓰기도 지겹다는 말이 내 귓전을 때린다. 집에 와 9시 뉴스를 보니 올해 대졸 초임 월봉 평균이 242만원이란다. 누굴 위한 보도일까. 난

정규직이고 이렇게 받는데 비정규직 니들은 얼마나 받니. 누굴 약 올리는 걸까.

허나, 하늘 아래 땅을 딛고 있으며, 걱정해 주는 가족과 친구가 있고, 팔뚝이가 지켜보고 있다. 무엇보다도 꿈과 희망을 잃지 않으려는 의지가 함께하는 한 그들은 외롭지 않을 것이다.

# 틀

    티켓몬스터Ticketmonster는 국내 소셜 커머스 업체다. 이 회사는 설립 1년 만에 매출액 1000억 원을 돌파하는 기염을 토했다. 그 후 미국 소셜 커머스 회사인 리빙 소셜이 이 회사를 3000억 원에 사들였다. 창의적 아이디어 하나로 우리 청춘들이 수천억 원을 벌어들였다. 이 회사를 설립하는 데 지대한 역할을 한 주요 인물 중에 우리 대학 사회학과를 중퇴한 청년 CEO가 있다. 그는 재학 시절 '틀을 벗어나라'는 한 사회학과 교수의 강의에 용기를 얻어 과감히 대학이라는 틀을 벗어 버렸다. 굳이 빌 게이츠, 스티브 잡스 등을 거론하지 않더라도 기존의 틀을 벗어 버리고 성공한 예는 우리 주변에도 얼마든지 있다.

우리는 늘 틀 속에 살아왔다. 크게는 국가라는 틀, 작게는 학교라는 틀, 더 작게는 가정이라는 틀에서 살아왔다. 국가는 충성하라 하고, 학교는 존경하라 하고, 가정은 효도하라 한다.

어떻게 보면, 틀이란 힘 있는 사람들의 항아리다. 거기에는 권위와 권력을 유지하기 위한 일정한 매뉴얼이 있다. 그 매뉴얼을 충실히 따르면 선이요, 따르지 않으면 악이다. 틀 속의 쳇바퀴를 도는 청춘들을 길러 내고 또 다음 세대로 바통을 넘기고 그 쳇바퀴를 다시 돌라고 강요한다. 그렇지 않으면 철저히 따돌린다.

대학 입시를 보자. 국가와 대학이 서로 담합하여 잘 짜인 틀을 만들어 놓고 그 틀 안에 들어오면 우등생이고 들지 못하면 열등생이다. 취업 준비도 마찬가지다. 각종 고시, 언론 매체, 기업체 등을 들어가기 위해 틀에 짜인 공부를 하고 그 틀에 맞으면 합격이고 안 맞으면 불합격이다. 우리 부모들은 어떻게 하면 청춘들을 더 좋은 틀 안에 가둘 수 있을까 밤새워 고민한다. 스카이라는 틀 안에 들어가면 환호하고 사시, 행시라는 틀 안에 들어가면 플래카드가 붙고 삼성, 현대라는 틀 안에 들어가면 우쭐댄다.

내 자식이 스카이에 들어갔다고 자랑하는 것은 곧 내 자식이 우리 사회가 인정한 주류의 틀 안에 있다는 것을 으스대는 것이다. 틀 안에 자식을 가두고 즐거워하는 셈이다. 틀 안에 갇힌 청춘은 제대로 자유를 누려 보지도 못한 채 잘 길들여진 틀 안에서 살아남기 위한 경쟁을 벌여야 한다. 사정없이 공부해 사시, 행시 붙으면 정말 제대로 틀에 박힌 삶이 시작된다. 그러한 삶이 화려할지 비참할지 잘 모른다. 다만 틀 안에서 살아남으려면 목에 힘주고 있는 자들에게 예쁘게 보이기 위해 처연한 작전을 벌여야 한다는 점은 분명하다. 삼성, 현대라는 기업에 입사한 청춘은 위계적 틀의 작은 톱니바퀴가 된 셈이다. 좀 더 큰 톱니바퀴가 되기까지 독선적 힘에 의해 갖은 수모를 겪게 될 것이 뻔하다.

'그런데 왜.'

스스로 틀에 갇힌 꼴이 되고 싶지 않다고 하면서도 우리의 갈 길은 모두 틀에 갇히는 길에 초점을 맞추고 있는 것일까. 틀 안에 있지 못하면 실망하고 좌절하는 것일까. 메이저 리그의 틀에 들어가면 뽐내고 마이너 리그의 틀에 들어가면 왜 주눅이 드는 것일까. 국가, 학교, 기업, 가정이 모두가 힘을 합쳐 우리 청춘을 틀 안에 가두려고 강요하는 것일까.

이건 아니다. 정말 아니다.

해답은 있다. 바로 대학이다. 대학은 청춘의 괴로움을 풀어 주는 해우소가 돼야 한다. 우리 청춘을 틀 안에 가두려 하지 말고 틀 밖에서 생존하는 법을 가르쳐 줘야 한다. 틀에서 살면 이미 정해진 일류인생, 삼류인생으로 남게 된다. 대학은 모두가 일류인생이 될 수 있는 길을 터 주는 길잡이가 돼야 한다. 그런데 현재의 대학은 청춘에게 자유로운 영혼을 가르치기는커녕 틀 안의 사람으로 키워지기를 강요하고 있다. 대학이 힘 있는 자들의 앞잡이 노릇을 하고 있는 셈이다. 이건 대학이 할 짓이 아니다.

'틀 안의 청춘'이 있고 '틀 밖의 청춘'이 있다. 틀 안에 있건 틀 밖에 있건 선택은 자유다. 틀 안에 있으면 틀에 안주하지 말고 틀을 개혁하는 청춘이 되기 바란다. 틀 밖에 있으면 틀이 보호해 주지 않지만 자유가 있다. 자유를 창의로 바꾸어 주길 바란다.

틀 안에 있건 틀 밖에 있건 선택은 자유다.

# 부분과
## 조각

　요즘은 참 희한한 세상이다. '픽션'과 '논픽션'이 구별되지 않는다. 청춘들이 턱없이 죽고, 배가 어이없이 가라앉고, 환기구가 무너지고…. 가상의 세계에서나 있을 법한 일들이 현실 세계에서 일어나고 있다. 허구도 실재를 바탕으로 한다지만 허구는 허구일 뿐이다. 무수한 사람들을 죽이는 폭력영화를 보면서 '저럴 수도 있겠지만 저건 영화니까'라며 허구임을 인지하기 때문에 우리는 안심한다. 그러나 지금 우리 눈앞에는 허구의 세계에서조차 차마 쉽게 다룰 수 없는 '죽음의 실재상황'들이 벌어지고 있다.

　인간의 몸은 많은 기관으로 구성되어 있지만, 어디 하나 쓸모없는 곳이 없다. 모두 나름대로 맡은 일이 있다. 만일 한 부위라도 이상이 생기면 몸 전체에 이상을 느낀다. 발가락 사이에 난 염증이 온몸을 아프게 하는 이치다. 반면, 우리의 몸 일부에 병이 들어도 몸 전체가 건강하면 사소한 병은 곧 치유된다. 병든 부분을 낫게 해 주기 위해 몸의 여러 기관들이 활발히 움직이기 때문이다. 그러나 어느 한 부분의 병이 골수에 사무치면 몸 전체는 조화와 균형을 잃고 병은 점점 넓게 퍼져 나간다.

이렇게 신체의 각 기관들은 서로 유기적 관계로 맺어진 '전체에 의한 부분'이므로 하나라도 없으면 안 될 존재들이다. 그래서 동양에서는 예부터 인체를 소우주라 했다.


인간사회도 마찬가지다. 우리 사회는 복잡하고 다양한 구성원들로 이루어진 복합체다. 이 구성원들이 서로 유기적으로 얽혀 사회를 지탱하고 있다. '전체가 부분'이요, '부분은 곧 전체'다. 미국 실용주의 철학자 윌리엄 제임스는 한 사회의 단면을 상승사회와 하강사회로 분류하였다. 상승사회란 민족의 구성원들이 어떤 주어진 일에 대하여 서로 책임지려는 사회이고, 하강사회란 민족의 구성원들이 주어진 일에 대하여 책임을 전가하는 사회로 규정하였다. '책임을 지려는 사람'과 '책임을 피하려는 사람'들은 근본적으로 다르다. 지금 우리 사회는 '부분은 전체의 탓'으로 '전체는 부분의 탓'으로 돌리고 있다. 사람을 참혹하게 죽여 놓고 '사회가 나를 이렇게 만들었다'라고 하는 자가 있는가 하면 '우리 사회가 이 꼴이 된 것은 몇몇 놈들 때문이다'라고 하는 자도 있다. '나' 아닌 '남'의 탓으로, '현재'는 '과거'의 탓으로 돌리고 있다. 우리 사회에서 빚어지고 있는 최근의 병리적 현상들은 오래전부터 누적된 무책임적 하강사회의 도미노 현상이다.

'부분'과 '조각'은 분명 다르다. '부패한 조각'은 떼어 내면 되지만, '부패한 부분'은 떼어 내지 못한다. 아무리 부패한 부분이라도 그 부분을 도려내면 유기체 전체의 균형을 잃고 만다. 눈이 나쁘다고 눈을 떼어 낼 수 없지 않은가. 부분이 썩어가고 있다는 것을 알면서도 떼어 낼 수 없는 것이 유기적 구조가 가지는 특징이다.

사람을 죽이는 자들도, 돈을 떼어먹는 자들도, 배를 가라앉게 한 자들도 모두 우리 민족의 구성원이다. 그들도 우리 민족의 한 부분이다. 우리 민족의 한 파편이 아니다. 그들을 잡아 가두고 사형을 집행해서 우리 민족으로부터 떼어 낸다고 한들, 그들이 저질러 놓은 일들을 어떻게 떼어 버릴 수 있겠는가.

지금 우리를 두렵게 하는 것은 우리 사회가 '어디가 어떻게 얼마나 썩어 있는지를 모른다는 것'이다. 떼어 내려야 떼어 낼 수 없는 오염된 구성원들이 우리 현대사에 얼마나 있는지 알 수 없는 이상 '픽션보다 더한 논픽션'들이 앞으로도 얼마든지 우리 앞에 다시 나타날 수 있다는 것이며, 더욱 무서운 것은 그러한 일들이 곧 '남의 일'이 아니라 '나의 일'일 수 있다는 것이다.

단언컨대, 병든 현재를 치료할 수 있는 것은 오직 건강한 미래밖에 없다. 그래서 대학은 중요하다. 대학은 청춘들이 모여 있는 곳이다. 대학의 건강함은 곧 청춘의 건강함이요, 미래의 건강함이다. 대학은 우리 민족에게 짐이 될 청춘들은 키우는 곳이 아니라, 힘이 될 청춘들은 키우는 곳이다.

# ⋮아침이슬

　　70년대에는 노래방이 없었다. 노래를 부르고 싶으면 가사를 다 외워서 불렀다. 당시 대학가 청춘들은 선술집에서 누구나 「아침이슬」을 부르곤 했다. "긴 밤 지새우고 풀잎마다 맺힌 진주보다 더 고운 아침이슬처럼⋯." 「아침이슬」은 1970년 김민기에 의해 작곡돼 불리다가 1975년 금지곡이 됐다. 그럼에도 불구하고 당시 청춘들은 주야장천 이 노래를 불렀다. 그러다 청춘들 사이에서 「댄서의 순정」이라는 노래가 슬며시 유행하기 시작했다. "이름도 몰라요 성도 몰라 처음 본 남자 품에 얼싸안겨 붉은 등불 아래 춤추는 댄서의 순정⋯." 당시 시대 상황을 조롱하는 퇴폐적 역설과 풍자의 노래였다.

70년대의 대학은 고등학교와 별반 다름이 없었다. 당시엔 대학생도 교복을 입어야 했고 학교를 상징하는 배지를 달아야 했다. 등교 시간엔 정문 앞에서 여러 명의 몸집 좋은 특정 학과 학생이 학생처 직원의 비호 아래 교복과 배지 검사를 했다. 이 학생들은 교복을 입지 않거나 배지를 달지 않은 동년배 학생들을 괴롭히고 심지어 폭행까지 했다. 거리에선 미니스커트를 입은 여학생, 장발을 한 남학생들이 풍기사범으로 경찰 단속에 걸려 일정한 장소에서 벌을 서기도 하고 강제로 머리를 깎이기도 하던 때였다.

한 달에 한 번, 본관 앞 분수대에서는 민주주의 특강이 열렸다. 월요일마다 운동장에서 열리는 고등학교 조회와 같은 성격이었다. 음악대학 학생들의 오케스트라 연주가 시작되고 팡파르가 울려 퍼지면 본관 앞 계단 상단에 총장님이 손을 흔들며 등장했다. 학생들은 우레와 같은 박수로 총장님을 환영해야 했다. 애국가 연주 후 한 시간 동안 총장님의 특강을 들었다. 특강이 끝나면 교가 제창을 하고 출석표를 나눠 줬다. 1학점짜리 민주주의 특강이지만 그 권위는 대단했다. 참석을 확인하는 출석표를 매달 제출해야 학점이 나왔다. 만일 출석표를 받아 들고 몰래 빠져나가다 들키면 폭행을 당하기 일쑤였다.

70년대 대학에는 걸핏하면 휴교령이 내렸고 수시로 군 병력이 주둔했다. 굳게 닫힌 정문 한복판에 탱크가 고압적인 자세로 서 있었고, 바리케이드를 쌓은 양 옆엔 장탄된 기관총을 든 사수들이 시민을 겨누고 있었다. 학교 운동장에는 군막사가 쳐지고 중대 병력이 주둔했다. 10월 유신이 끝나자 정부는 대학을 아예 병영화했다. 총학생회장을 사단장으로, 단과대학 학생회장을 연대장으로 개칭했다. 총검술에 제식훈련, 독도법과 응급처치법 등을 가르치는 교련을 3학점 필수과목으로 매 학년마다 수강해야 했다. 교련 과목을 1년 이수하면 군 복무 기간에서 1개월을 감해 줬다.

학교 내에는 경찰 정보과, 중앙정보부, 군보안대 등 정보기관원들이 득실거렸다. 말단 하위직 정보기관원이 거들먹거리며 총장실을 제 집 드나들듯 했다. 반정부 시위를 하거나 대자보를 붙이거나 유인물을 돌리다 들키면 쥐도 새도 모르게 정보기관에 잡혀가 배후를 대라고 두들겨 맞았다. 교내에서 혹은 술집 등에서 시대를 한탄하고 정부를 비난하는 말을 할 수 없었다. 밤말은 쥐가듣고 낮말은 새가 듣는 형국이었다.

대학 교직원들도 덩달아 으스대고 대다수 교수들도 폭정과 권위주의 시대를 교묘히 즐기며 대학을 운영했다. 교직원은 학생의 반정부적 동태를 파악하는 일이 주요 업무 중의 하나였고, 교수는 정부에 아첨하고 폭압적 시대정신을 찬양 고무하고 학생의 반정부 욕구를 억제하고 감시하면 됐다. 연구하지 않아도 정년이 보장된 진정한 철밥통이었다.

청춘은 있었지만 청춘은 없었다. 시민에겐 소시민이란 이름으로 족쇄를 채웠다. 오직 총칼의 힘에 의한 굴종을 강요당해야 했다. 인권은 가진 자들의 전유물이었다. 청춘의 울분과 분노는 극에 달했다. 그러던 어느 날 철권과 폭압의 정치는 한 독재자의 죽음으로 스스로 무너지기 시작했다. 그러나 또 다른 군부 세력에 의해 철권과 폭압의 정치는 지속됐다. 80년대 청춘들에게도 「아침이슬」과 「댄서의 순정」은 여전히 선술집의 애창곡이었다.

군부통치의 종식을 예고라도 하듯 한 청춘의 참혹한 죽음이 세상에 알려지면서 세상은 달라지기 시작했다. 청춘의 위대한 힘은 시대의 흐름을 바꿔 놓았다. 21세기를 맞았고 과거 「아침이슬」과 「댄서의 순정」을 부르던 청춘들이 비청춘이 돼 이 시대를 운영하고 있다. 그리고 아무 거리낌없이 과거의 망령들이 새로 포장돼

속속 되살아나고 있다.

현재를 살아가는 청춘들에게 바란다. 후회 없는 청춘 시절을 보내려면 후회 없는 시대를 살아가야 한다. 말초적 정보화 사회가 지배하고, 광적 배금주의가 난무하고, 성적 속물주의가 판을 치는 세상을 즐겨도 좋다. 다만 세상의 옳고 그름을 제대로 읽어 내자. 내가 지금 잊은 것은 없는지, 내가 지금 얻은 것은 무언지, 내가 지금 버릴 것은 무언지 시간이 날 때마다 틈틈이 고민해 보자. 내 몸과 마음속에 지닌 진정한 청춘의 힘을 찾아보자.

내가 지금 잊은 것은 없는지, 내가 지금 얻은 것은 무언지,
내가 지금 버릴 것은 무언지 시간이 날 때마다 틈틈이 고민해 보자.

# 내일을
## 유기하는
### 사람들

　　우리는 누구나 태어날 때 자기 의지대로 태어나지 못한다. 우리는 모두 타인에 의해 세상에 던져진 피투자被投者이다. 세상에 던져진 이후에도 나이가 찰 때까지는 거의 자기 의지대로 살지 못한다. 그래서 사회적 규범은 피투자 스스로가 자기 가치판단으로 살수 있을 때까지 피투자를 만든 사람들에게 양육의 책임을 지우고 있다. 옛날부터 동양에서는 이 부모와 자식 간의 사회학적 관계를 '천륜'이라 정의했다.

　　인륜은 사람의 도리를 다하는 것이며, 천륜이란 우주의 도리를 다하는 것이다. 우리의 가정에는 인륜과 천륜이 있다. 부부간의 관계는 남자 대 여자의 인간적 윤리를 다하면 되지만 부모와 자식 간의 관계는 인간 대 인간의 우주적 윤리를 다해야 한다. 부부는 서로 헤어지면 남이지만 부모와 자식은 헤어져도 남이 아니다. 부모와 자식 간의 관계는 이미 우주의 기본 윤리에 묶여 있다. 인륜을 어기면 인벌을 받지만 천륜을 어기면 천벌을 받는다.

우리 졸업생의 이야기다. 그는 대학을 졸업하자마자 강남의 모 여자고등학교 교사로 발령을 받았다. 그는 부임 초 그 학교에 재직하고 있던 한 여교사와 열애 끝에 결혼하였고, 그 이듬해 아기를 낳았다. 그들은 또 그 이듬해 이혼했다. 지금 그는 경기도 모 고등학교에 재직하면서 재혼을 준비하고 있고, 이혼한 아내는 미국 유학을 떠난 지 1년째다. 그들이 낳은 두 살배기 젖먹이는 어리디어린 나이에 자기의 삶을 혼자 꾸리기 위해 보육원에 있다. 자기 부모의 얼굴을 알 듯 말 듯한 나이에 버려진 아기는 오늘도 홀로 보육원 방구석에 엎드려 서럽게 울고 있을 터이다. 두 살배기 젖먹이의 처절한 울음은 인간의 기본율과 우주의 기본율조차 외면하는 자들에 대한 준엄한 심판이며, 이 천벌을 받을 사회에 대한 탄핵이다.

힘없는 천륜들의 약점을 이용해 부모와 자식을 버리는 사회에서 정치적 이념이 무슨 소용이 있으며 경제적 풍요가 무슨 필요가 있단 말인가. 부모를 버리는 것은 과거를 버리는 것이며, 자식을 버리는 것은 미래를 버리는 것이다. 과거를 버리고 미래를 유기하는 현재에서 기대할 것은 아무것도 없다. '도대체 우리는 무엇 때문에 이 세상에 던져졌으며, 무엇 때문에 살고 있는가'를 자문하지 않을 수 없다.

　그가 고등학교에서 무엇을 가르치고 있는지 알지 못한다. 유학 간 여인이 돌아와 대학 강단에 선들, 그 여인에게 우리는 무엇을 기대할 것인가.


　물론 이런 일들이 흔히 있는 일은 아니다. 어쩌다 사악한 인간들에 의해서 일어나는 일이지만 우리 사회는 이러한 일들에 대하여 너무나 관대하다. 전체에 비하면 극히 일부의 일이니 대수롭지 않다는 생각들을 가지고 있다. 부모를 버리고 자식을 버리는 일에 '오죽하면 버렸겠는가'라 하면서 그저 직무유기 정도의 무책임으로만 생각하는 사회적 분위기가 되었다. 이러한 일들은 만에 하나라도 있을 수 없는 일임에도 불구하고 말이다. 문제의 심각성은 이러한 도덕적 불감증이 우리 사회를 이끌어갈 청춘 부부들에 의해서 흔히 이루어지고 있다는 데에 있다. 100분의 1은 남의 일로 볼 수 있다. 그러나 4분의 1은 남의 일이 아니다.

캠퍼스에 미래의 젊은 아빠 엄마들이 오가고 있다. 최근의 통계를 빌린다면 이들의 3분의 1이 이혼을 할 것이고, 이 중 서로 아이를 맡지 않겠노라며 아이를 버리는 사람도 나올 수 있다. 참으로 크나큰 도덕적 절망감과 자괴감에 빠진다.

나는 지금 그들 앞에서 무엇을 하고 있는가. 지식을 전달하는 것으로 나의 모든 책임이 다 끝나는 것인가. 바로 눈앞에 벌어지고 있는 도덕적 무책임을 누구의 탓으로 돌려야 하겠는가. 우리는 이제 너나할 것 없이 이 척박하고 천박한 사회를 고민할 때다.

## 안녕하시렵니까

한때 입심 좋은 한 개그맨이 '안녕하시렵니까'라는 말을 유행시켜 사회적 반향을 일으킨 적이 있었다. 어법상으로 맞지 않는 표현이지만 개그는 개그일 뿐이니 뭐라 탓할 수 없다. 개그는 표현에 담겨 있는 풍자적 메시지가 중요한 것이지 굳이 어법을 따지는 것은 옳지 않다. 이 표현을 한번 분석해 보자. '-하시렵니까'라는 표현은 구어체에서 사용하는 어투이나 실제 언어생활에서 잘 쓰이지 않는다. 한편 '식사하시렵니까'라는 말은 바른 어법으로 '식사하시겠습니까'와 같은 표현이다. 화자가 청자의 입장에서 청자의 의도를 되묻는 표현이다. 우리말이 지니는 청자 중심의 독특한 어법 중의 하나다. 이에 비춰 본다면 좀 억지스럽지만 '안녕하시렵니까'는 화자가 청자의 입장에서 청자의 '안녕'을 되묻는 표현으로 설명할 수 있다.

최근 한 대학에서 '안녕들 하십니까'로 촉발된 대자보가 신드롬이 돼 대학가를 중심으로 유행처럼 번지고 있다. 이제는 고등학생 어린 청춘들, 비청춘 성인들에게까지 번져 나가고 있다. '안녕들 하십니까'는 주어를 생략한 구어체 표현으로 화자가 여럿의 청자에게 안녕을 되묻는 표현이다. 애써 비교하자면 '안녕들 하십니까'는 '안녕하시렵니까'와 유사한 표현법이라 할 수 있다.

학교 교정에서도 이곳저곳에 붙어 있는 '안녕들 하십니까' 유의 대자보를 볼 수 있다. 안녕하지 못한 시대에 안녕하지 못한 청춘들이 안녕하지 못한 것 같아 안타깝다. 자책할 필요가 전혀 없는 청춘들이 스스로를 탓하며 현 시대 상황을 꼬집는 대자보를 보니, 같은 시대를 살아가는 늙은 지식인으로서 청춘들에게 한없이 부끄럽고 염치없다.

안사람과 함께 영화 〈변호인〉을 봤다. 들어갈 때는 어두워 몰랐는데 나올 때 보니 60이 넘은 두 비청춘이 청춘들에 둘러싸인 형국이었다. 영화가 상영되는 동안 몇몇 곳에서 훌쩍거리는 소리가 들렸다. 우리 청춘들이 울고 있다. 과거사를 판박이로 보는 것 같았다. 과거의 아린 상처들이 하나둘씩 떠올랐다. 우리 두 사람은 집으로 가지 못하고 돼지국밥집으로 갔다. '우리가 청춘으로 살아온 시대는 이보다 더하면 더했지 덜하지 않았다'고 분개하면서 소주잔을 기울였다. 영화를 본 후 열흘이 지나도 그 여운이 가시지 않았다. 감동이라기보다는 뭔가 우울과 자책이라는 응어리가 가슴에 달려 있다. 영화가 끝나고 집으로 돌아가는 청춘들의 뒷모습을 기억하면서 왜 청춘들이 '안녕들 하십니까'라는 대자보를 쓰는지 알 것 같았다.

염치없는 권력이 힘없는 사람들을 못살게 굴어도 아무 말 못하는 세상. 기업, 학교 등등 곳곳 작은 집단의 권력들이 큰 권력을 따라하며 집단 속 약자들을 더욱 힘들게 하는 세상. 그 권력을 비호하며 사회적 약자들을 덩달아 못살게 구는 메이저급 언론들. 그러면서도 스스로 사회 정의를 외치는 파렴치한 행태를 청춘들의 '안녕들 하십니까' 대자보가 질타하고 있다.

지난날을 개념 없이 살아온 비청춘들이여, 한번 곰곰이 생각해 보자. 지나간 세월이야 그렇다 치고 앞으로 살아갈 날이 많은 청춘들은 어찌하랴. 세상은 그저 그렇고 그러니 그냥저냥 권력에 순치돼 살라고 청춘들에게 권할 것인가. 나는 강자 너는 약자, 나는 강남 너는 강북, 나는 부자 너는 빈자로 정해져 영원히 헤어날 수 없는 한국식 카스트를 평생 안고 살아가라고 말해 줄 것인가. 이제 다시 정의다. 정의는 이겨야 한다. 정의 편에 섰으면 정의가 이길 수 있게 해 줘야 한다. 청춘들이 정의의 편에 설 수 있도록 올곧은 사회를 만들어 줘야 한다. 청춘들에게 정의의 불씨를 지펴 주는 일은 비청춘들의 몫이다. 청춘들이 살아갈 세상에 정신적, 물리적 빚을 넘겨주지 말자. 적어도 우리가 살아온 세상보다는 나은 세상에서 살게 해 줘야 하지 않겠는가.

## 반려기계

　전철을 타 보자. 자리에 앉으면 시선을 어디 둬야 할지 난감할 때가 있다. 어쩌다 앞좌석에 앉은 사람과 눈이라도 마주치면 어색하기 짝이 없다. 그래서 그런지 대부분 눈을 감고 선잠을 잔다. 그러나 요즘은 많이 달라졌다. 거의 모든 승객이 휴대폰을 보고 있다. 특히 청춘은 더욱 그렇다. 중년 남녀도 청춘을 따라하듯 휴대폰을 보고 있다. 연인처럼 보이는 청춘이 전철에 탔다. 도란도란 말의 사랑꽃을 피울 줄 알았는데 손을 꼭 잡은 채 각자 휴대폰을 보고 있다. 전철에서만 휴대폰을 보는 것이 아니다. 사무실, 도서관은 물론이고 심지어 걸으면서도 본다. 강의실 뒷자리는 몰래 휴대폰 놀이동산이다.

휴대폰은 이제 청춘의 필수품이요, 손 안의 장난감이 돼 버렸다. 다들 그 속에서 무엇을 하고 있는 것일까. 인터넷을 검색하거나 문자 메시지, 페이스북, 카톡 등을 하고 있을 것이다. 아니면 텔레비전을 보거나 게임을 하고 간혹 전화도 걸고 받고.

사람의 시간을 셋으로 나누면 대개 main time, sleeping time, inbetween time으로 나눌 수 있다. 즉, 일하는 시간, 자는 시간, 사이 시간이다. 청춘 학생의 일하는 시간은 물론 공부하는 시간이다. 청춘마다 개인차는 있으나 main time, sleeping time을 운영하는 시간은 대개 비슷하다. 문제는 inbetween time이다. 사이 시간이란 일하는 시간과 자는 시간의 중간 시간대다. 예컨대 먹는 시간, 걷거나 차를 타는 시간, 휴식시간 등이다. 흔히들 사이 시간을 어떻게 활용하느냐에 따라서 성공의 열쇠가 달려 있다고 말한다. 그런데 요즘 우리 청춘들은 이 사이 시간을 휴대폰 세상에서 살고 있다. 때로 main time에서도 살고 있으며 sleeping time에서도 밤잠을 설치며 살고 있다. 이쯤 되면 휴대폰 중독이라고 해도 과언이 아니다. 이건 참 문제다.

한 달 전 난 안사람과 다툰 적이 있다. 사소한 언쟁이 급기야 과거의 일까지 들춰 내며 서로에게 상처를 준 일이 있다. 그날이 토요일 저녁 무렵이었다. 안사람에게 화를 내고 집을 박차고 나왔다. 어디 갈 데가 없을라고. 근데 나오긴 나왔지만 딱히 갈 데가 없었다. 가장 가까운 친구에게 전화라도 하고 싶었지만 토요일 늦은 오후다. 참 이건 대략 난감이다. 결국 간 곳은 학교 연구실이었다. 연구실에 가면 벗해 줄 이 아무도 없다. 그렇게 많은 사람이 곁에 있건만 외롭다.

휴대폰은 내 번호 내 것이다. 휴대폰을 공유한다는 것은 있을 수 없다. 휴대폰은 혼자만의 가상공간이다. 휴대폰을 사용하는 동안은 오롯이 혼자만의 시간이다. 휴대폰은 가상공간에 자기를 가두어 버린다. 범죄자에게 내리는 가장 큰 형벌은 독방에 가두는 것이다. 왜 스스로 자기를 독방에 가두는가.

사람은 사람을 만나야 외롭지 않다. 개, 고양이 등 반려동물이 대신해 주기도 하지만 외로움을 풀기에는 한계가 있다. 그런데 이제는 반려동물도 아닌 반려기계가 등장해 버렸다.

휴대폰은 사람을 외롭게 만들고 그 외로움을 달래 준다고 착각하게 만드는 무서운 기계다. 외로움이 오래되면 공허함으로 바뀌고 공허함이 오래되면 우울해지고 결국 살고 싶어지지 않는다.

휴대폰에서 눈을 떼고 주위를 둘러보자. 각양각색 남녀노소의 호모 사피엔스를 볼 수 있다. 이 얼마나 정겨운 일인가. 산이 있고 들이 있고 강이 있고 도시가 있다. 이 얼마나 경이로운 일인가. 구태여 가상세계에 가지 않더라도 눈에 담을 실제세계가 너무도 많다. 가상적 세계에서 벗어나 실제적 세계에서 부대끼며 살자.

청춘들에게 권유하노니 반려기계와 살기보다 같은 청춘들과 더불어 살자. 괜찮은 청춘 남성들이 숱하게 많고 괜찮은 청춘 여성들이 엄청 많다. 정겨운 말과 아름다운 생각을 주고받으며 은은한 눈빛과 따뜻한 미소로 서로를 안아 주고 보듬어 주자. 청춘의 체온에서 느껴지는 신선한 훈향을 서로 맡으며 사람이 좋은 사회를 만드는 길잡이가 되었으면 한다.

반려기계와 살기보다 같은 청춘들과 더불어 살자.

정겨운 말과 아름다운 생각을 주고받으며

은은한 눈빛과 따뜻한 미소로

서로를 안아 주고 보듬어 주자.

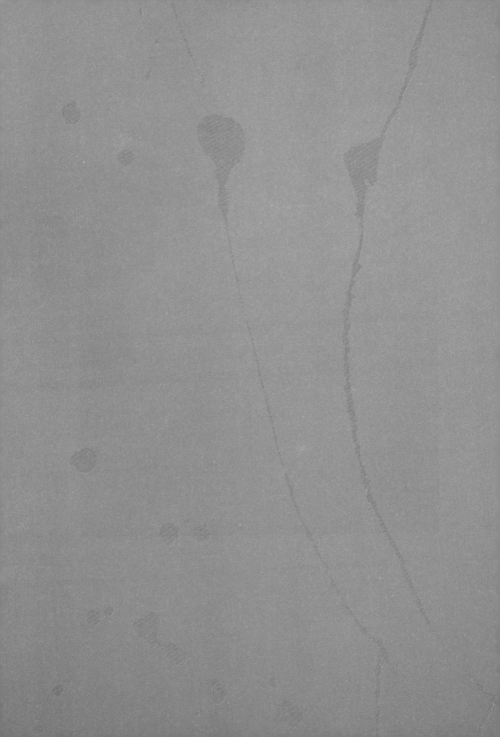

3

---

너의 인생에
꽃을 달고

# 왜 서둘러
청춘을 떠나려
하는가

난 늘 4학년 전공과목을 가르친다. 4학년 교실은 좀 어수선하다. 취업이다 면접이다 각종 시험이다 등의 사유로 학생들의 출결 상태가 들쭉날쭉하기도 하고, 마음들이 다 바쁘고 들떠 있다. 진로에 대한 결정을 코앞에 두고 있으니 어찌 고민이 되지 않으랴. 남녀 학생 불문하고 신입생 때의 발랄했던 모습은 간데없고 의젓한 사회인다운 포스가 물씬 풍긴다. 다 멋지고 예쁘지만 한편으론 얼굴이 까칠해 보이고 그늘져 있다. 그들을 바라보는 내 마음도 안쓰럽고 착잡하다.

오래전의 일이다. 졸업을 앞두고 있는, 복수 전공을 선택한 학생이 내 과목을 수강했다. 수강신청이 마감되고 강의를 시작한 2주 뒤쯤 한 통의 메일이 왔다. '난 교수님의 과목을 수강신청한 아무개인데 취업을 하여 정상적인 수강을 할 수 없으니 선처를 해 달라'고 하며 취업확인서 같은 것을 첨부 파일로 보내왔다. 황망했다. 나는 그 학생을 수소문했고 연락처를 알아내 통화를 했다. 늦게까지 학교 연구실에 있으니 시간을 내어 학교에 와서 자초지종을 납득이 가도록 설명을 해 달라고 했다. 그러나 그 학생은 한 학기가 다 가도록 오지 않았다. 성적을 마감한 며칠 뒤 그 학생으로부터 전화가 걸려 왔다. 성적을 확인하니 점수가 나오지 않았다고, 지방의 모 언론사에 면접을 한 상태인데 학점을 안 주면 취업을 못하게 된다고. 더욱 황망했다. 나는 자책했다. 한 번 더 전화해서 성적을 줄 수 있는 근거라도 남겨 둘 걸 하는 생각으로. 번민을 거듭했다. 한 통의 전화가 또 걸려 왔다. 그 학생이 취직하게 될 언론사 기자라 하면서 한낱 한 과목 성적 때문에 그 학생의 앞길을 막으면 안 된다고. 난 그 전화를 받자마자 결론을 내렸다. 성적을 주지 않기로 했다. 이건 아니다. 정말 아니다. 청춘이 해서는 안 될 일이다.


예나 지금이나 남자 고등학교 학급은 늘 소란스럽고 장난기가 넘친다. 싱싱한 떠꺼머리총각들이 한곳에 모여 있으니 오죽하랴. 고등학교 시절 난 무척 앳되고 심약한 아이였다. 당시 난 다른 아이들처럼 턱수염 자리도 없었다. 거뭇거뭇 턱수염이 자란 아이들이 무척 부러웠다. 한 친구가 어디서 구해 왔는지 여성 속옷을 들고 와 난 이 아이와 뭘 했느니 하며 자랑하던 모습조차도 몹시 부러웠다. 난 그 친구가 너무 어른스러워 보여 그 친구를 따라다니고 싶었지만 어리다고 끼워 주지 않았다. 난 나이 들어 보이기 위해 이렇게 저렇게 많은 노력을 해 봤지만 선천적으로 태어난 모습을 바꿀 수 없어 부모님을 원망하기도 했다.

며칠 전 출근길 전철에서 차창에 비친 내 모습을 보고 깜짝 놀란 적이 있다. 논문을 쓰다가 풀리지 않는 의문이 생겨, 그 의문을 풀기 위해 골똘히 생각하고 있다가 문득 차창을 보게 되었다. 많이 낯익은 초로의 노인이 내 뒤에 서 있었다. '그가 내리려는구나' 하고 자리를 비켜서면서 뒤돌아보았다. 내 뒤에는 아무도 없었다. 그게 나였다. 이제 종로 3가역 계단에 쪼그리고 앉아 있어도 누가 뭐라 하지 않고, 골프장 잔디 다듬기 알바를 뛰면 5만 원 일당을 받는 노인으로도 잘 어울리는 모습이 된 것이다. 청춘 시절엔 비청춘이 되고 싶어 안달을 했고, 이젠 청춘으로 남고 싶어 처절한 노력을 하고 있다.

　우리 학교에 오랫동안 교수로 재직하셨던 소설가 황순원의 『말과 삶과 자유』라는 수상집에 이런 대목이 나온다. "내 나이 70이 되었다. 내가 용기를 잃지 않는 건 나도 늙으면서 아름다와지는 축에 들 수 있었으면 하는 바램을 다듬고 있기 때문이다. 이건 욕망이 아니고 기도이다."

　청춘들이여, 왜 서둘러 비청춘이 되려 하는가. 우리 인생은 기껏해야 100년을 넘지 못한다. 우주의 유기체로 태어나 오로지 나만의 존재를 만들었으니 이 얼마나 위대한가. 아무리 우주가 넓고 크다 해도 나 자신만 하랴. 그 위대한 시간 중 청춘의 시간은 너무 짧다. 청춘의 정신적 시간은 청춘의 시간을 길게 가져가는 사람의 몫이지만 청춘의 물리적 시간은 기다려 주지 않는다. 젊은 그대들이여, 그 위대성을 마음껏 즐겨라.

아무리 우주가 넓고 크다 해도 나 자신만 하랴.

그 위대한 시간 중 청춘의 시간은 너무 짧다.

청춘의 정신적 시간은 청춘의 시간을

길게 가져가는 사람의 몫이지만

청춘의 물리적 시간은 기다려 주지 않는다.

젊은 그대들이여. 그 위대성을 마음껏 즐겨라.

## 아마도
## 지금 졸린
## 까닭은

    오전 강의. 한 청춘이 졸고 있다. 수업을 시작한 지 꽤 되었는데 아직도 졸고 있다. 수업이 재미없거나 어제 늦은 시간까지 깨어 있던 탓일 게다. 이해할 수 있다. 세상을 살다 보면 많은 변수가 있게 마련이다. 다람쥐 쳇바퀴 돌듯 같은 패턴으로 살 수는 없다. 어쩌다 조는 것은 그럴 수 있고 누구나 경험한 바다. 그러나 문제는 그 청춘은 늘 그 시간 그 자리에 그렇게 앉아서 졸고 있다는 것이다. 간혹 실눈을 뜨고 주변을 둘러보다 이내 다시 존다. 잠이 깬 듯 만 듯 비몽사몽의 경계를 경험하는 듯하다. 수업이 끝나면 언제 졸았냐는 듯 강의실을 빠져나간다. 왜 저럴까.

점심을 같이 먹었다. 뭐 하나 뚜렷하게 하고 싶은 것이 없다고 했다. 학교에서건 집에서건 되는 일도 없고 안 되는 일도 없다고 했다. 토익 토플 성적도 그저 그렇고, 여러 자격증 학원도 다니다 말고, 뭘 딱히 하자니 잘되지 않고, 그렇다고 아예 말자니 눈치가 보이고, 뭐 그저 그런 거란다. 차 마시고 얘기 좀 더 하자고 제안했지만 학원 가야 한다고 나중에 하자고 했다. 우린 그렇게 헤어졌다. 다시 만날 기약 없이.

난 지금 벼르고 있다. 해가 가기 전에 그 청춘과 끝장을 보고 싶다. 네가 이기든 내가 이기든 결판을 내자. 이 험한 세상 살 길을 찾아야 하지 않겠는가. 되는 일도 없고 안 되는 일도 없는 청춘. 이건 아니다. 뜨뜻미지근한 건 청춘이 아니다. 자신을 이렇게 허무하게 내팽개쳐 버리는 일은 절대 없어야 한다. 아깝고 또 아까운 청춘의 세월이 가고 있다. 일 분 일 초가 소중하고 귀하다. 청춘의 시간이 지나면 몸이 아프다. 생로병사의 '병'이 시작된다.

청춘은 계절로 치면 겨울이거나 여름이어야 한다. 봄, 가을은 청춘과 어울리지 않는다. 청춘은 되는 일은 되는 일이고 안 되는 일은 안 돼야 한다. 청춘은 아닌 것은 아닌 것이요, 긴 것은 긴 것이어야 한다. 청춘은 이기거나 지거나 둘 중의 하나다. 청춘에겐 중간은 없다. 중용中庸은 좋은 것이나 청춘에게는 독이 될 수 있다. 계획 없이 소신 없이 어중간히 살아가는 청춘은 교활하고 흉악하고 아첨 잘하고 모함을 밥 먹듯이 하는 나이 먹은 비청춘의 먹이가 된다. 그들에게 이용당하고 상처받고 좌절의 늪에 빠진다.

정주영이라는 분이 있다. 이미 고인이 되신 분이다. 일제 때 강원도 통천에서 가출해 현대라는 재벌 기업을 일으킨 분이다. 그의 개인적 삶과 시대적 공과에 대한 부정과 긍정은 극과 극이다. 그는 "해 봤어?"라는 말로 유명하다. 어떤 사업계획에 대해 임원들이 안 된다고 했을 때 그는 늘 "해 봤어?"라는 반문을 던지곤 했다고 한다. '해 보지도 않고 무엇이 안 된다는 말이냐.' 난 별로 그를 좋아하지 않지만 그의 이 말은 최고다.

어린 캥거루처럼 부모의 품속에서 따뜻한 온기를 쬐며 꾸벅꾸벅 졸고 있는 청춘들이여. 넌 정말 거지 같은 청춘이다. 언제까지 졸고 있을 거냐. 평생 졸다가 끝낼 거냐. 언제까지 엄마의 잔소리를 들을 작정이냐. 이렇게 형편없는 사회에 대한 책임의식도 없이 졸음이 오더냐. 존다는 것은 너 자신에 대한 천대와 학대다. 시작은 창대하나 끝이 초라할망정 저질러야 한다.

흐지부지 청춘에 종지부를 찍자. 아마도 지금 졸린 것은 자기 스스로가 밉거나 마음에 끌리지 않은 일을 하고 있기 때문일 것이다. 내 스스로가 미우면 아무것도 하기 싫은 건 인지상정이다. 마음에 끌리지 않은 일을 하고 있으면 손끝에 있는 연필조차 잡기 싫다. 우선 나를 칭찬하고 밥 많이 먹고 나를 북돋고 마음이 가는 곳으로 가라. 거기에 길이 있다. 그리고 내 인생의 시나리오를 써 보는 거다. 나를 예뻐하고 내 자신의 시나리오를 쓰다 보면 길이 마구 열린다.

## 청춘에서
## 비청춘으로
## 가는 길목

　호스피스 운동의 선구자인 정신의학자 엘리자베스 퀴블러 로스에 따르면, 말기 병 환자는 대개 다섯 단계의 심리적 변화를 경험한다고 한다. 부인denial, 분노anger, 타협bargaining, 좌절depression, 인정acceptance이 그것이다. 처음엔 '왜 내가 이런 병이?'로 부인하다가 시간이 지나면 '왜 나만 이런 병이'라는 분노로 바뀐다. 그러다가 '나는 살 수 있어'로 타협하고 이내 '나도 이제 어쩔 수 없어'로 좌절하고 죽음을 인정하는 단계를 거친다.

　그런데 이 다섯 단계의 심리적 경험은 꼭 말기 병 환자에게만 적용되는 것은 아닌 성싶다. 우리네 일상적인 삶 속에서 감당하기 힘든 시련에 직면하게 될 때 겪을 수 있는 단계이기도 하다. 마찬가지로 청춘에서 비청춘으로 넘어가는 시기도 이 다섯 단계를 자연스레 거치게 된다. 김광석의 「서른 즈음에」라는 노랫말이 공감이 가고 자꾸 부르고 싶어지면 다섯 단계의 경험이 시작된다. '난 아직 젊어'로 자신을 부인하다가 '이건 정말 아니야'로 분노하고 '젊게 살 거야'로 타협하고 '나도 어쩔 수 없네'로 좌절하고 스스로 비청춘임을 인정한다. 청춘에서 비청춘이 되는 과정은 물리적인 나이 먹기가 아니다. 이렇게 심리적인 나이 먹기가 제 먼저 알고 찾아온다. 그러나 분명한 것은 청춘에서 비청춘으로 진입하는 시기가 사람마다 제각기 다 다르다는 점이다.

아직 푸릇한 청춘인 것 같은데 할 짓 못 할 짓 다하는 애늙은이가 있다. 못된 비청춘들이 저지르는 짓을 서둘러 배운다. 힘센 사람에게 아첨하고 힘없는 사람에게 거들먹거리며 독하게 굴고 자기의 욕망을 채우기 위해 수단과 방법을 안 가리고 헐뜯고 모함하고 자기의 허물을 남에게 뒤집어씌우고 남의 것을 내 것으로 만들고 자기를 선한 척 포장한다. 참 어이가 없고 한심하기 짝이 없다. 청춘도 제대로 즐기지 못하고 못된 비청춘이 되어 버렸다. 배운 게 도둑질이라고 아마도 이 청춘은 평생 못된 짓만 골라 하다가 그렇게 저렇게 살다가 갈 것이다. 예전엔 자기가 저지를 죗값을 다 받기도 전에 일찍 죽어 대를 물려 다음 세대에 죗값을 치르지만 요즘은 오래 살아서 당대에 자기가 벌을 받고 간다. 비교적 오염이 덜 된 학교 사회에도 이런 청춘들이 간간히 눈에 띄니 학교 밖 사회에서야 오죽하랴.

청춘은 생기, 밝음, 웃음, 발랄, 기쁨, 즐거움과 닮아 있다. 낙엽이 굴러가는 것만 봐도 깔깔대고 웃을 수 있다면 당연히 청춘이다. 청춘은 뭘 봐도 웃음으로 때우지만 비청춘은 죽상으로 때운다. 눈이 오면 '아, 눈이 오는구나' 하며 보고 싶은 사람을 그리고 잠시 연민과 사색에 젖어 본다면 그는 아직 청춘이다. 눈이 오는 걸 보고 '에이 시벌, 차 맥히것네'라고 생각한다면 비청춘이 확실하다. 불의를 보고 참을 수 없는 분노를 느낀다면 청춘이요, 불의를 보고 팔짱 끼고 즐기면 비청춘과 가깝다.

시인 사무엘 울만은 청춘을 다음과 같이 노래했다. "청춘이란 인생의 어느 기간을 말하는 것이 아니라 마음의 생태를 말한다. 그것은 장밋빛 뺨, 앵두 같은 입술, 하늘거리는 자태가 아니라 강한 의지, 풍부한 상상력, 불타는 열정을 말한다. 청춘이란 인생의 깊은 샘물에서 오는 신선한 정신, 유약함을 물리치는 용기, 안이함을 뿌리치는 모험심을 의미한다. (중략) 아름다움, 희망, 희열, 용기, 영원의 세계에서 오는 힘 이 모든 것을 간직하고 있으면 언제까지나 그대는 청춘이다. 영감이 끊어져 정신이 눈에 파묻히고 비탄이란 얼음에 갇힌 사람은 비록 나이가 이십 세라 할지라도 이미 늙은이와 다름이 없다."

우리는 아무도 생로병사에서 자유로울 수 없다. 다만 고통과 시련이 서서히 다가오느냐 아니면 졸지에 다가오느냐의 차이일 뿐이다. 너무 일찍 스스로 청춘임을 포기하는 청춘이 있는 반면, 청춘을 평생 동안 가져가는 비청춘 청춘이 있다. 선택은 모두 각자의 몫이다.

아름다움, 희망, 희열, 용기, 영원의 세계에서 오는 힘
이 모든 것을 간직하고 있으면 언제까지나 그대는 청춘이다.

## 내가 존경하는
## 사람

　　지금은 시들해졌지만 인적성이 대학 입시에 중요한 잣대가 되던 시기에, 꽤 오랫동안 출제위원장직을 맡았다. 인적성 문제를 출제하려면 인문계, 사회계, 자연계 교수님들 여럿이 특정 장소에서 합숙한다. 닫히고 갇힌 공간에서 열흘이라는 시간을 보내게 되니 갑갑하기 짝이 없다. 또 한 치의 실수도 용납될 수 없는 업무이므로 긴장의 연속일 수밖에 없다. 대개 전반부엔 각자 여러 문항을 개발하고 후반부엔 200여 개의 문항을 모든 출제교수가 모여한 문항 한 문항 토론하며 검토한다. 난 분야가 다른 십수 명의 교수들의 의견을 청취하며 서로의 이견을 조율하는 책임을 맡는다. 다들 자기 분야에선 똘똘한 분들이라 한 치의 양보가 없다.

그런데 그중 유독 내 눈에 띈 한 분이 있었다. 문제를 설명하고 자기 주장을 펼치는데 매우 논리적이고 설득력이 있었다. 그분은 이과 전공의 조교수였고 아직 청춘이었다. 젊은 나이에 공부 잘해 일찍 교수가 되고 훤칠한 외모까지 지닌 흔히 말하는 킹카였다. 문제 출제가 종반으로 치닫던 어느 날 밤, 방에서 쉬고 있던 내게 직원 한 분이 문을 두드렸다. 교수 한 분이 집으로 전화를 하겠다고 하니 어찌하면 좋겠냐고 물어 왔다. 바로 그 청춘 교수였다. 난 단호하게 출제위원들은 외부로 전화를 할 수도 받을 수도 없다는 것을 설명해 주라고 당부했다. 그러나 그 교수는 막무가내로 조르고 또 졸랐다. 집으로 꼭 전화해야겠다는 것이다. 그래서 위원장 입회하에 외부로 전화하는 것을 허락했다. 한 방에 단둘이 앉았다. 난 본의 아니게 그 청춘 교수의 통화 내용을 엿들었다. 이렇게 급하게 외부 전화를 쓰게 해 달라고 조를 때는 부모님이 위독하거나 집안의 큰일을 두고 여기에 와서 걱정을 하는 일일 게라고 짐작했다. 그러나 내 예상은 완전히 빗나갔다.

"엄마, 나 피곤해. 이게 뭐야. 잠자리두 불편하고. 집에 가고 싶어. 엄마가 내 잠옷 가지고 이리루 와 봐. 엄마가 만든 장조림하고 햄버거 먹고 싶어. 가지구 와." 이렇게 말하더니 엄마가 나를 바꾸란다고 전화기를 내게 건넸다.

"여보세요, 우리 애를 어떻게 하는 거예요. 잘 좀 보살펴 주시지 않구. 우리 애 귀한 자식이에요. 걔는 아무거나 잘 먹지 않아요. 도시락을 그리로 보낼 테니 잘 챙겨 먹이세요." 잠자리와 식사와 간식을 잘 챙겨 달라는 당부와 함께 잘못하면 책임을 묻겠다는 엄포도 하며 전화를 끝냈다. 황당하고 어이없는 전화였다.

유아 청춘이다. 육체는 성장했지만 정신은 아직 모태를 벗어나지 못한 나약한 청춘이다.

이따금 난 학생들을 따라 대성리로 MT를 가곤 한다. 항상 그렇듯 엄청 큰 방 하나가 덩그러니 있고 그 안에 딸린 조그만 방 두 개. 60년대에나 있을 법한 주방과 화장실. 이런 곳에서 학생들 백여 명이 하루 저녁을 먹고 자고 한다는 것이 가능한 일인가. 그런 불편함을 청춘의 힘으로 깔깔대며 대수롭지 않게 여기는 우리 학생들이 대견해 보인다. 청춘의 기는 아무도 못 말린다.

MT는 밤샘이다. MT는 술이다. 때늦은 저녁을 해 먹고 시작한 술이 새벽녘이 되도록 끝날 줄 모른다. 참 힘도 좋다. 물론 나도 거들지만 청춘의 힘에는 당하지 못한다. 그래서 작은 방에서 잠을 청하지만 잠이 올 리가 만무다. 술이 약한 청춘들이 작은 방을 찾아 하나둘씩 모여든다. 내 곁에 남학생이 누웠다. 내가 덮던 포대기 한 장을 그 학생에게 덮어 주고 밖으로 나왔다. 새벽의 이른 봄바람이 차다. 아직 어둡지만 동녘 하늘에서 약하게 동이 트고 있다. 주방에서 달그락거리는 소리가 들려 그쪽으로 향했다. 한 여학생이 홀로 설거지를 하고 있다.

"설거지 날 밝으면 해. 춥고 손 시려. 그만 해. 방에 들어가 눈 좀 붙여. 오늘 하루 종일 또 일정이 있잖아." 내가 한 말이다.

씽긋 밝게 웃으며 "괜찮아요. 아침밥 먹이려면 준비해야 돼요. 힘드시죠. 들어가 쉬세요. 전 괜찮아요." 설거지 하다 말고 내 등을 떠민다.

"아냐, 잠 안 와. 같이 할까?"

"아녜요. 이제 다 했어요. 밥만 안치면 돼요."

조금 전만 해도 그 여학생은 내게 소주 한 잔 받아 마시고 권하고 남녀 혼숙은 절대 할 수 없다고 엄격함과 자상함을 넘나들며 학생들을 통제했었다. 다음 날 난 대학 정문 아침 8시 30분 출근길에서 그 귀한 청춘을 다시 보았다. 핸드마이크를 들고 학생들을 지휘하는 모습으로.


　'넌 참 좋겠다. 넌 참 행복하겠다. 그런 성품을 지녀서.' 난 그 멋진 청춘의 모습을 아직도 잊지 못한다. 난 지금도 그 귀한 청춘을 존경한다. 존경은 오직 학생이 선생에게만 하는 것이 아니다. 선생도 학생을 존경할 수 있다. 존경은 남녀노소 신분고하가 있는 것이 아니다. 분명 인격은 나이에 비례하지 않는다.

# 조로 청춘

심장병과 치매가 심한 노모를 모시는 일은 쉽지 않다. 그래서 병원은 내 삶의 중심이 되어 버렸다. 병동으로 가는 길목에서 청춘 의사가 엘리베이터를 탔다. 옆 얼굴 귀밑머리 목선에 아직 솜털이 뽀송뽀송 나 있는 담당 레지던트. 반가운 마음에 인사를 했다. 근데 나를 힐끗 쳐다보며 인사를 받는 둥 마는 둥 하는 게 아닌가. 민망하기 짝이 없다. 엘리베이터에서 내려 병동으로 가는 복도에서도 그 거만한 태도가 나온다. 군림하듯 뒷짐을 지고 거드름을 피우며 걷고 있다. 병증의 경과를 묻는 보호자에게 대꾸도 없다가 갑자기 짜증을 내며 '가서, 기다리세요.'

참 어이없는 조로 청춘이다. 어디서 뭘 배웠는지 일찍 늙어 버린 청춘이다. 육신은 청춘이지만 정신은 영감님이다. 의사는 거들먹거려야 폼이 나는지 잘 모르겠다. 남보다 조금 공부 잘했는지도 잘 모르겠다. 아버지가 의사고 할아버지는 판사인지도 잘 모르겠다. 부모가 물려준 돈이 많은지도 잘 모르겠다. 내 앞에 조로 청춘이 있다는 사실만이 불쾌할 뿐이다.

육신이 병들어 심신이 약해질 대로 약해진 환자와 보호자. 그저 마음 둘 데 없어 의사와 간호사만 쳐다보는 사람들. 그런데 그렇게 기죽어 있는 사람들에게 그것도 힘이라고 어줍지 않은 작은 힘을 휘둘러대는 애늙은이 청춘. 사법고시에 합격하고 사법연수원을 우수하게 졸업하여 지방지청에 막 부임한 풋검사의 호칭은 '영감님'이다. 예전 일이다. 지금도 그러는지는 잘 모르겠다. 만일 아직도 그러고 있다면 그냥 웃자.

이런 조로 청춘들이 나이가 들어 부와 명예와 권력을 걸머쥐었다고 상상해 보자. 만일 이런 조로 청춘들이 정치, 경제, 사회, 문화를 지배하는 엘리트족이라고 상상해 보자. 지금 우리나라에 법조계, 의료계, 정당계, 교육계에 이런 조숙아들이 판을 치고 있다면 어떻게 될까. 이런 싸가지 없는 조로 청춘들이 학교에도 많다면 학교는 또 어떻게 될까.

권력의 맛을 일찍 배운 애늙은이 청춘들이 하는 짓은 거의 같다. 큰 권력을 거머리처럼 따라붙어 권력을 흡입하고 그 기운으로 힘없는 약자들에게 으스대고 성내고 짜증 내고 마냥 떠받들어 주기만 바라고 자신의 힘이 약해지는 듯싶으면 자기의 비행을 남에게 뒤집어씌우고 헛소문을 퍼트려 음해하는 것이다. 큰 권력자들이여, 너희는 아느냐. 권력에 기생하는 작은 권력자들이 뒤에서 큰 권력자를 제일 많이 욕한다는 걸. 조로 청춘의 가장 큰 문제는 자기가 지금 저지르고 있는 일들이 악행임을 모르고 승리의 신이 자기편이라고 굳게 믿는다는 것이다.

십수 년 전 바다와 강이 어우러진 섬진강의 수려한 경치를 가슴에 담으려고 학생들과 답사를 간 적이 있다. 학생들이 섭외한 숙소에 차질이 생겨 답사 일정 중 하룻밤을 하동 근처의 어느 모텔에 묵을 수밖에 없었다. 부끄럽게도 난 그날 밤 모텔 주인과 심하게 다퉜다.

"대학생들이 왜 이래요. 야심한 밤에 자지 않고 왜 이렇게 우당
탕 퉁탕 집이 무너져라 돌아다니며 소란을 피우는 겁니까. 너무
심하게 떠들잖아요. 이게 뭡니까. 다른 손님들이 잠을 잘 수 없다
고 항의하고 난리예요. 조용히 좀 시켜요."

모텔 주인은 마치 훈계하듯 자신이 낼 수 있는 화를 전부 쏟아
부으며 나를 때릴 듯한 기세로 고함을 쳤다.

"내가 보기엔 주인 아저씨 목소리가 더 크네. 그럼 학생들이 불
륜남녀처럼 조용히 자기를 바랐습니까. 그럼 학생들을 받지 말았
어야지." 내가 한 말이다.


청춘은 떠든다. 즐겁게 떠든다. 청춘은 여기서 힘이 나온다. 청
춘은 비청춘들이 보기에는 아무것도 아닌 일에도 깔깔대고 웃는
다. 흥겨운 노래가 나오면 그 노래에 맞춰 어깨를 들썩거린다. 케
이팝 가수들에게 열광하다가도 시험 때만 되면 도서관에서 밤새
워 공부한다. MT나 답사 가면 술 마시고 떠들고 난리도 아니다.
촛불시위장에선 사회적 약자를 위해 피 터지게 소리 지르고 토론
마당에선 이 형편없는 세상에 대하여 날카로운 독기를 퍼붓는다.
재미있는 만화책을 보거나 게임을 시작하면 몇 날 며칠 밤을 새울
수도 있다. 만면에 띤 웃음과 홍조. 이게 바로 청춘이다.

세상은 참 아름답다. 왜냐면 조로 청춘보다 완소 청춘이 더 많기 때문이다. 조로 청춘들이 꼬리에 꼬리를 물고 세상을 어지럽히고 있지만, 슬기롭게 잘 자란 멋진 청춘, 완소 청춘들이 불의에 대한 엄한 심판을 내려 줄 거라고 나는 굳게 믿고 있다.

청춘은 떠든다. 즐겁게 떠든다. 청춘은 여기서 힘이 나온다.
만면에 떤 웃음과 홍조. 이게 바로 청춘이다.

## 정의란
## 무엇인가

　지금은 고인이 되신, 술을 참 좋아하셨던 선생님이 계셨다. 그분은 MT나 답사를 가면 널따란 큰 방에 삥 둘러앉은 학생들과 일대일로 종이컵 소주잔을 주고받았다. 학생들은 한 잔만 받아 마시면 됐지만 그분은 150잔을 마셨다. 그분과 나는 학생들과 함께하는 여행길엔 늘 같은 방을 썼다. 학생들은 으레 우리 둘을 귀여운(?) 주정뱅이 룸메이트로 묶어 버렸다. 언제나 그분의 술 수발은 내 차지였고, 내가 곁에 있는 것을 확인하면 선생님은 흐뭇한 표정으로 몇 배로 대취하셨다. 그분의 술에 얽힌 많은 일화는 지금도 전설처럼 회자된다.

오랜 강사 생활을 벗고 전임교수가 되던 해, 아직 청춘의 기가 어렴풋이 남아 있을 나이의 나는 어느 날 선생님과 학교 앞 선술집에서 몇 명의 제자들과 함께 소주잔을 기울였다. 술이 거나해지자, 선생님은 특유의 경상도 사투리가 섞인 카랑카랑한 목소리로 말씀하셨다.

"기실은 최 교수, 요샌 힘이 정의데이. 정치판도 그렇고 학교도 마찬가지네. 최 교수도 힘을 가지시게."

그날 나는 불경하게도 선생님과 다퉜던 것으로 기억한다.

"힘이 무엇입니까. 복싱을 배워 주먹 힘을 키우라고 하시는 말씀이신가요. 아니면 지배 권력을 비호하고 추종하며 호가호위하라는 말씀이십니까."

이렇게 항변한 내게 선생님은 '이놈 봐라, 이놈 봐라'를 되뇌셨다. 그 죄과로 난 담뱃재가 수북한 양은재떨이에 가득 채운 소주를 벌주로 마셨다.


그 후 20여 년이 흘렀다. 요즘 들어 난 나에 대한 그분의 따뜻함과 기대감을 실감 있게 상기한다. 나이 들어 청춘의 기운이 서서히 빠지면서 굴종적 성실과 위선적 아첨을 조금씩 조금씩 터득한 세월. 담뱃재 칵테일 소주를 씁쓸하게 마시면서도 '정의가 힘'

이라고 굳게 믿었던 신념은 어느새 쪼그라들었다.

힘이 정의인 사회에서는 강자는 위너, 약자는 루저다. 이런 사회는 왕정사회이거나 조폭사회다. 힘이 정의인 국가는 조작된 신비적 개인 아니면 조폭들에게 국가가 맡겨진 형국이다. 정의가 힘인 사회는 강자는 루저, 약자는 위너다. 정의가 힘인 사회는 민주사회다. 정의가 힘인 국가는 다수의 선량한 시민들에게 맡겨진다. 최근 국내 교육방송에서 방영되어 잔잔한 반향을 일으킨 프로그램이 있다. 마이클 샌델 교수가 하버드 대학에서 강연한 '정의란 무엇인가'의 현지 녹화 영상이다. 동서고금을 넘나들며 정의의 본질에 대하여 꼼꼼하게 분석하고 토론하는 모습에서 '다수多數의 공정선公共善'이 곧 '정의의 힘'이라는 것을 보여준다.

왜 요즘 청춘들이 작금에 처한 현실을 버거워하는가. 답은 간단하다. 현대사에 들어와 왕정이라는 봉건적 체제를 벗어난 후에도 그 잔재를 떨쳐 버리지 못한 채 힘이 정의라는 공식이 정치, 경제, 사회, 문화의 전반에서 그대로 답습되고 있기 때문이다. 심지어 교육에서도 '힘=정의' 공식이 버젓이 판치고 있다. 이런 형편없는 사회에서 우리 청춘은 당연히 힘들 수밖에 없다. 정의롭지 못한 사람들이 큰소리치고 득세하는 세상을 바라보아야 하는 청춘들에게 마이클 샌델이 들려주는 형이상학적 정의의 본질론이 얼마나 큰 전달력이 있을지 의문이다.

영화 「아바타」에 이런 대목이 나온다. 판도라 행성의 나비족이 지구인들에게 심대한 침탈을 받자, 제이크 설리는 영혼의 나무 에이와에게 전쟁에서 이길 수 있게 해 달라고 기원한다. 이 때 여주인공 네이티리는 다음과 같이 말한다.

"대지의 어머니는 편을 들지 않으셔. 다만 세상의 균형을 맞출 뿐이야."

옳고 그름이 있는 것이 아니라 다름이 있을 뿐인 현재적 정의라면 적어도 진정한 정의의 균형을 잡아 줄 이는 아직 인간사에 때가 덜 묻은 오직 청춘들뿐이다.

## 같이 밥 먹는
## 것의 의미


　　모 일간지에 실린 대학가 혼밥족(혼자 먹는 밥을 먹는 사람들을 뜻
하는 은어)에 관한 기사를 본 적이 있다. 한 대학생이 편의점에서
김밥과 음료수를 사다가 화장실 변기를 식탁 삼아 점심을 때우는
인증 사진과 함께 혼밥족에 대한 실태를 알렸다. 이 기사에 의하
면 일부 대학생들이 대학생활에 적응하지 못하고 친구조차 사귀
지 못해 화장실이나 교실 창가 복도, 교내 벤치에서 홀로 점심을
먹는다는 것이다. 반면 자발적으로 혼밥을 즐기는 대학생도 있다
고 했다. 밥을 같이 먹을 수 있는 동료를 찾거나 식사 장소를 찾는
쓸데없는 시간을 줄일 수 있고 원하는 식단을 마음대로 선택할 수
있으며 원치 않는 인간관계를 맺을 필요가 없다는 점을 들어 혼밥

을 원하는 학생도 늘고 있다고 전했다.

고등학교를 마치고 막 대학에 들어온 신입생을 보면, 중등학교와 교육 환경이 많이 달라 입학 초기에는 어려움을 겪지만 한 학기만 지나면 대부분 잘 적응한다. 강의 듣는 일 외의 대학생활을 들여다보면 몇 가지 청춘 유형으로 나뉜다. 전공 학점을 잘 따기위해 도서관이 생활의 중심인 청춘, 학과 공부와는 관계없이 아예취업을 위해 도서관에 파묻힌 청춘, 학생회 활동이 중심인 청춘, 국내외 봉사 활동이 중심인 청춘, 교환학생이나 해외여행이 중심인 청춘, 알바가 생활의 중심인 청춘, 종교나 연극 등 동아리 활동이 중심인 청춘 등이다. 대개 이런 유형에 속해 있는 청춘들은 자기가 원하는 바를 찾아 나름대로 학교생활을 잘 영위하고 있는 청춘이다.

문제는 이도 저도 아닌 청춘들이다. 본거지가 없으니 딱히 갈데가 없다. 학생 정원이 120명이 넘는 학부라 동급생끼리도 인사를 나눈 적이 없다. 도서관에 가서도 오래 붙어 있지 못한다. 잠시학생회실, 동아리방에 가 보지만 어색하기 짝이 없다. 그저 학교에와서 하는 일이라곤 강의를 듣고 교내외에 널려 있는 커피숍에서 홀로 리포트를 쓰다가 집에 가는 것이다. 대학 속의 외딴 섬인 청춘들이다. 대개 이런 유형의 청춘이 혼밥을 먹는다.

혼밥족은 비단 청춘만의 이슈가 아니다. 비청춘은 문제가 더 심각하다. 광화문이나 여의도의 점심시간 풍경을 보자. 넥타이를 맨 직장인들이 삼삼오오 짝을 지어 점심을 먹으러 주변 식당에 간다. 만일 그 틈에 끼지 못하고 혼밥을 먹으면 당장 왕따가 된다. 비청춘의 혼밥은 스스로 독방에 갇히는 꼴이다. 형무소에서 내리는 형벌 중의 가장 큰 형벌은 독방에 갇히는 것이다. 청춘의 왕따는 정신적 고통이 따르지만 비청춘의 왕따는 정신적 고통뿐만 아니라 생존의 문제와 직결된다.

개인의 개성을 중시하는 서양적 사고로 보면 혼밥족은 별 문제가 되지 않는다. 반면 집단과 관계를 중시하는 동양적 사고로 보면 혼밥족은 큰 문제로 보일 수 있다. 화장실에서 혼밥을 먹는 것이 서럽고 창피하다고 생각하는 청춘이 있다면 아직 동양적 사고가 마음속에 많이 자리한 청춘이고 자발적으로 혼밥을 즐기는 청춘이 있다면 서구적 사고가 마음속에 많이 자리한 청춘일 게다.

청춘의 혼밥을 좋다 나쁘다 할 일은 아니다. 때로 혼밥도 필요하다. 그러나 혼밥이 일상화되면 그건 문제다. 자발적 혼밥 청춘이 있다면 혼밥을 줄여 보자. 같이 밥 먹을 동료를 찾는 것은 매우 중요한 일이며, 맛있는 밥집을 찾는 것도 꼭 시간 낭비만은 아니다. 불필요한 인간관계란 결코 없다. 자발적 혼밥은 훗날 이기적 비청춘으로 성장할 위험이 있다. 독선적인 성품을 지닐 수 있으니 일주일에 절반은 혼밥을 하고 나머지는 시간을 허비하더라도 동료와 같이 먹기를 권유한다.

혼밥을 먹기 싫지만 어쩔 수 없이 혼밥을 먹을 수밖에 없는 처지인 청춘이 있다면 숨어서 혼밥을 먹지 말고 내 연구실에 찾아오기 바란다. 나와 같이 혼밥을 먹자. 화장실의 혼밥은 좀 그렇다. 늘 말했듯이 나 자신에 대한 자존감이 없으면 남이 나를 대접해 주지 않는다. 내가 나를 우습게 여기면 남도 나를 우습게 여긴다는 것을 명심해 주기 바란다.

같이 밥 먹을 동료를 찾는 것은 매우 중요한 일이며,

맛있는 밥집을 찾는 것도 꼭 시간 낭비만은 아니다.

불필요한 인간관계란 결코 없다.

## 서른 즈음에게

한 달 전 자네들의 강의실 깜짝 이벤트에 무척 당황했다네. 그렇지만 누가 이런 기쁨을 누려 볼 수 있겠나. 30년 교단 생활에 자네들이 평생 잊을 수 없는 또 하나의 추억거리를 남겨 주었네. 지난 스승의 날 수업시간에 갑자기 졸업생 악동(?) 네 명이 강의실로 쳐들어와 후배 학생들 앞에서 내게 축하 케이크를 건네고 후배들 간식까지 챙기고 간 일, 지금도 많은 후배들이 말로 전하고 있네.

자네들이 다녀간 그날, 난 초저녁부터 술 한잔 했네. 스승의 날을 맞아 열린 작은 회식이었는데, 마음은 내내 자네들 생각뿐이었네. 집에 가는 버스에서 잠시 공연히 눈물을 훔쳤지. 자네들 생각하면 왜 이리 마음이 짠할까. 자기 갈 길을 제대로 가고 있는데 내가 왜 이럴까. 내가 진짜 늙었나 봐. 어쩌면 때마침 버스 라디오에서 김광석의 「서른 즈음에」가 흘러 나와서였는지도 모르지.

"또 하루 멀어져 간다. 내뿜은 담배 연기처럼 작기만 한 내 기억 속에 무얼 채워 살고 있는지 점점 더 멀어져 간다. 머물러 있는 청춘인 줄 알았는데….."

자네들 모두 서른 즈음이지. 학생들 앞에서 자네들을 소개할 때 자네들 옆모습을 보았네. 밝게 웃으며 후배들을 당황하게 만드는 모습이 보기 좋았네만, 그렇게 야무지고 발랄하던 옛 악동의 모습은 어느새 숨어 버리고 언뜻언뜻 삶의 연륜이 쌓인 모습이 보였네. 내가 별걸 다 보지. 자네들이 돌아간 다음 후배들 앞에서 자네들 자랑을 마구 했지만 속마음은 그렇지 못했네.

그날의 유일한 홍일점. 예나 지금이나 고운 모습은 그대로야. 그날은 휴무였나 보네. 스튜어디스라는 직업이 평일날 쉽게 나올 수 있는 자리가 아닌데. 이제 비교적 고참이 되어서 좀 나을까. 그래도 얼마나 고생이 되겠나. 비행기를 타고 외국의 이곳저곳을 다니면서 승객들을 돌보는 일이 쉬운 일은 아니지. 별의별 사람을 다 만나야 하고 객지에서 잠을 자는 경우가 다반사고. 곧 결혼을 한다고 들었네. 멋진 신랑이라고 들었네. 잘 결정했네. 축하하네.

타 대학에서 박사 과정을 밟고 있는 것 쉽지 않은 일인데, 힘들지. 낯선 곳에 가서 당당히 서는 모습 정말 보기 좋네. 그것도 학부 시절의 전공 분야가 아닌 다른 전공을 선택해 연구한다는 것이 얼마나 어려운 일인지 다 아네. 몇 배의 노력이 필요할 거야. 열심히 연구해서 좋은 논문으로 성공하게. 자네가 가는 길에 내가 조금이라도 도움이 됐으면 하네.

자넨 학창 시절 총학생회장이었지. 남보다 학교도 오래 다니고. 학생들의 대표자로서 학교 측과 정면으로 맞서 일하는 모습이 참으로 보기 좋았네. 누가 그런 일 해 보겠나. 총학생회장 아무나 하는 일이 아니지. 70년대 권위적 정부 시절엔 총학생회장이 졸업을 하면 정부가 알아서 대기업에 취직도 시켜줬는데 지금은 그런 것도 없고. 자네가 지금 하는 일 마음에 미치지 않지. 자네의 능력과 자질로 보아 좀 더 큰 포부를 지닌 일을 하지 않을까 했는데. 앞으로 차차 하게 될 거야. 시대가 자네를 필요로 할 것이고. 아마도 조만간 자네가 다시 소중하게 쓰일 때가 올 걸세.

　기간제 교사로 일하면서 임용시험 준비를 하고 있는 자네 모습 보면서 교사가 되어 보라고 권유한 것이 후회가 되기도 하네. 많이 힘들지. 임용시험이 만만치 않네. 뽑는 숫자도 적고 지원자가 워낙 많아 웬만한 고시보다 더 어렵다고들 해. 세 번까지는 시도할 만하지만 그 이상은 그만두게. 스트레스네. 자네같이 체격 좋고 운동 잘하고 능력 있으면 학생부 교사로 제격이니 사립학교에 분명 자리가 날 걸세. 나도 자리 찾아볼게. 요즘은 사립학교도 서류전형에 시강도 하고 면접도 하는 3단계를 거친다고 하니 쉬운 일이 없네. 장가도 가야 할 텐데.

　난 머지않아 학교를 떠나네. 우리가 언제까지 서로를 기억해 줄 수 있겠나. 자기 일이 자리 잡히고 가정을 꾸리게 되면 이것저것 할 일도 많고 복잡한 일도 많이 생기네. 다들 바쁘게 살았으면 하네. 그것처럼 좋은 일이 어디 있겠나. 훗날 그냥 서로 머릿속 기억이라도 챙기면서 살아가세. 눈앞의 청춘들을 바라보면 자네들 생각이 나고, 자네들 생각하면 눈앞의 청춘들이 눈에 밟히네. 난 자네들 청춘의 모습만 기억하려 하네. 다들 더 늙지 말게. 그냥 지금 그대로 머물러 있으면 해. 스물 즈음의 청춘들도 서른 즈음의 청춘이 될 때까지 여러 가지 많은 경험을 하게 되겠지. 내 힘닿는 한 돌봐 줘야지. 근데 잔소리라 생각할까 봐 그게 두렵네. 집에서도 잔소리 학교에서도 잔소리 들으면 청춘들이 얼마나 답답하겠나. 자네들이 간혹 만나서 힘이 돼 주게.

조용히 해
VS
들어 봐

서울 변두리 중국집에서 자장면을 먹었다. 7~8평 남짓한 작은
중국집. 가까이 지내던 30년 경력의 고등학교 교사가 명퇴를 했
다. 아직 대학 다니는 아이도 있고 뭐 딱히 할 것도 없고 궁리 끝
에 퇴직금으로 마련한 중국집이라 했다. 몸은 고달프지만 마음은
편하다고 했다. 정년도 가까이 됐고 젊은 교사들에게 길을 터 주
고 싶어 명퇴를 했노라 했다. 소주 한 병을 시켰다. "지금 일하고
있는데…" 하면서도 소주잔을 받아 쥐었다. 소주 두 병째를 비울
즈음 조금씩 말문이 열렸다.

"내가 교사 생활 30년 하면서 기억나는 말이라곤 '조용히 해'라
는 말뿐이야. 꼭 그랬어야 했을까 후회가 되네. 차라리 수업이고

뭐고 다 때려치우고 뭐든 다 들어 봐 줄걸. 그러면 오히려 답이 나왔을 텐데….”

　교사가 교실에 들어와도 여전히 떠들고 있는 아이들. ‘조용히 해’라는 말을 몇 번이나 외쳐도 아랑곳하지 않고 그냥 떠드는 아이들. 버럭 화를 내고서야 비로소 진정이 되지만 수업을 시작하면 잠들어 버리는 아이들. 수업시간에 자는 아이들을 깨우기 위해 농담이라도 할라치면 다시 떠드는 아이들. 또 ‘조용히 해’라고 소리치고. 이런 악순환에 ‘화가 난다’ 했다. 이 나이 먹도록 어린 청춘들을 제어하지 못한 자신이 부끄럽고 창피해서 더 이상 교단에 서 있을 수 없었다고 했다.

　교육 당국은 학생 중심 교육, 즉 학생이 ‘갑’인 교육을 하라고 현장 학교에 종용하지만 현실은 그렇지 않다. 교실에서 ‘갑’은 교사이고 ‘을’은 학생이다. ‘조용히 해’라는 말은 곧 ‘갑’이 ‘을’에게 하는 명령이다. 조용히 하라는 것은 입 다물고 있으라는 얘기다. 말과 행동에 제약을 주는 속박이며, 갑의 통제대로 따라오라는 지시다. 때로 갑은 소통을 한답시고 을에게 베풀듯이 ‘말해 봐’라 한다. 을의 말문을 열게 하려면 갑은 을의 말을 들어 줄 자세가 되어 있어야 한다. 그래야 비로소 을이 진정성 있는 말을 할 수 있다. 말하려 하면 말을 가로막고 '너희가 뭘 알아' 하며 면박을 주고 뒷조사를 하고 '너는 찍혔어'라는 뒷말을 남긴다. 그건 소통이 아니라 비겁이다. '조용히 해'라고 하는 것보다 더 치사하고 무섭다. 그러고 나면 그 어느 누구도 말하려 하지 않는다.

갑과 을의 관계는 비단 교실에서뿐만 아니다. 정치, 경제, 사회, 문화 전반에 걸쳐 갑과 을의 관계는 형성돼 있다. '지배자', '고용자', '가르치는 자'는 갑이고 '피지배자' '피고용자', '배우는 자'는 을이다. 갑이 큰 힘을 가지면 독재와 탄압이 난무한다. 지금 우리 현실은 갑이 을에게 '조용히 해'라고 외치고 있다. 때로 을이 '들어봐'를 외쳐 보지만 공허한 메아리일 뿐이다.

대다수 청춘은 을이다. 때로 권력가의 자식이나 권력의 주변에서 맴도는 청춘이 갑이 되기도 하지만 따지고 보면 그 역시도 을이다. 청춘은 다 을이다. 청춘은 가정에서도 학교에서도 직장에서도 항상 을이다. 그래서 청춘은 늘 '조용히 해'라는 소리를 귀가 따갑도록 듣는다.

청춘은 말하고 싶어 한다. 기존의 권위주의적 틀과 기성세대의 말과 행동이 고울 리 없다. 청춘은 참을성이 없다. 청춘의 특성이다. 뭘 참고 견디란 말인가. 청춘에게 인내심을 요구하는 것 자체가 억압이다. 청춘의 말하고자 하는 욕구를 '조용히 해'로 억누를 수는 있으나 속에서 끓고 있는 웅어리는 막을 수 없다.

'조용히 해'로 길들여진 청춘은 패배주의와 보신주의에 익숙해지고 청춘답지 못한 청춘으로 성장한다. 창의력이 있을 리 만무다. 다만 권력의, 권력에 의한, 권력을 위한 창의력을 발휘할 뿐이다. 눈치만 늘어나고 심하면 권력의 앞잡이 노릇을 한다. 권력의 그늘에서 기생하고 그 권력을 계승하고 훗날 더 큰 소리로 '조용히 해'를 외치는 사람이 된다.

청춘들이여, 권력의 박수부대가 되지 말거라. 힘 있는 자가 '조용히 해'라고 말하면 '들어 봐'라고 대꾸하길 바란다. 그것이 청춘이다. 적어도 이 맑은 청춘시절에 한 점 부끄러움 없이 살아 봐야 하지 않겠는가.

'조용히 해'로 길들여진 청춘은
패배주의와 보신주의에 익숙해지고
청춘답지 못한 청춘으로 성장한다.
힘 있는 자가 '조용히 해'라고 말하면
'들어 봐'라고 대꾸하길 바란다.

## 최주례

20여 년 전부터 청춘들의 결혼식 주례를 서기 시작해 지난달까지 120쌍이 넘는 부부의 주례를 보았다. 120여 새로운 가정의 탄생을 현장에서 지켜본 것이다. 세월이 지나 소식은 많이 끊겼지만 내가 주례를 섰던 부부들이 이혼했다는 소식은 아직 들려오지 않는다. 대부분 우리 학과 졸업생들이고 졸업생이 아니더라도 내가 익히 아는 사람들이니 아마 이혼을 했다면 어찌어찌하여 내 귀에 들어왔을 것이다. 예식을 집례해 놓고 그 부부가 이혼을 한다면 주례도 책임이 있다. 요즘 세태가 많게는 세 쌍 중 한 쌍이 이혼을 한다고 하는데 이에 비하면 내 주례는 성공을 해도 대성공이다. 그래서 내 별명이 또 하나 있다. '최주례'다.

아주 오래전 일이지만 교수회의 석상에서 당시의 총장님이 "요즘 교수님들이 주말이 되면 결혼식 주례를 많이 서신다고 하는데 좀 줄이시고 연구에 더 집중해 주십시오."라고 말씀하신 기억이 난다. 뜨끔하다. 당시 나는 주례 서기에 아직 어린 나이라 실감이 나지 않았는데 부끄럽게도 이제야 그 뜻을 이해하고 있다. 사실 주례를 서면 하루를 완전히 버리게 된다. 대부분의 예식 시간이 점심시간 앞뒤로 걸치게 되어 있어 결혼식장을 오고 가고 하면 그냥 하루를 다 보내게 된다.

결혼식 주례를 막 서기 시작했을 무렵의 일이다. 어느 따뜻한 봄날 주례를 서고 나오는데 신랑 친구가 내게 흰 봉투를 하나 건넸다. 신랑이 주는 거니 받으시라고 하기에 '그래 알았다.' 하고 아무 뜻 없이 받아 들었다. 지하철을 타고 집으로 가는 동안 궁금해 봉투를 꺼내 보았다. 돈이 들어 있었다. 30만 원. 당시로서는 꽤 큰돈이었다. 난 이 돈에 대하여 집으로 가는 동안 곰곰이 생각했다. 이 돈의 의미는 무얼까? 수고비? 교통비? 사례비? 긍정적으로 생각하면 좋겠지만 자꾸 부정적 생각으로 이끌렸다. '저 신랑 녀석이 날 뭘로 아는 걸까. 돈으로 미안함을 때우면 된다는 말인가. 한심한 녀석.'

난 다음 날 그 돈을 신랑 신부의 이름으로 자선단체에 기부하고 그 영수증을 신랑에게 보냈다. 짧은 편지와 함께.

> 자네의 뜻을 고맙게 받았네. 그렇지만 이 돈은 내 것도 네 것도 아닌 것 같네. 이 돈은 세상을 힘없이 살아가는 분들의 몫이라 생각하네. 기부했네. 자네는 내 뜻을 이해해 주리라 믿네. 너희 부부 부디 서로 아끼고 정답게 살아야 하네. 꼭 집안의 피스메이커가 돼 주게.

그날 이후로 난 주례를 서는 까다로운 조건 세 가지를 내걸고 '그 조건을 이행하지 않으면 주례를 서 주지 않겠노라'고 선언을 했다. 결혼이라는 인륜지대사를 치르는 마당에 의미가 있어야 하고 또 주례의 잦은 횟수를 줄여 보려는 목적도 깔려 있었다.

조건 1. 신랑과 신부는 결혼 전에 반드시 손을 꼭 잡고 하루 종일 아동병원을 찾아가 봉사활동을 해야 한다. 그것이 여의치 않으면 고아원을 찾아 하루 종일 그 아이들과 놀아 주어야 한다.

조건 2. 신랑과 신부는 반드시 결혼 비용의 0.1퍼센트를 사회적 약자를 위해 기부해야 한다. 그리고 평생 동안 지속적으로 소득의

0.1퍼센트를 어려운 사람들을 위해 써야 한다.

조건 3. 결혼을 앞둔 일주일 전에 신랑과 신부는 각각 내게 메일을 보내야 한다. 신랑은 신부에게 주는 사랑의 편지를, 신부는 신랑에게 주는 사랑의 편지를 보내야 한다. 그리고 다시 한번 생각해 보는 거다. 정말 이 결혼을 해야 하는 것인지 진정으로 결심이 섰다면 메일을 보내라. 결혼 당일 나는 너희의 이 글을 하객들에게 읽어 주겠다. 난 이 메일을 평생 보관하고 결혼의 증표로 삼겠다. 그리고 너희의 평생 멘토가 될 것이다.

주례를 설 때마다 느끼는 것이지만 항상 부러운 사람이 있다. 신부의 손을 잡고 들어오는 신부 아버지다. 난 아들만 있어 평생 못해 볼 일이므로. 근데 그게 부럽지 않게 되었다. 학생들과의 상담 중에 부모님을 어찌어찌하여 다 잃고 혈혈단신 살아가는 당차고 예쁜 청춘을 만났다. 상담 내내 우리는 함께 많이 울었다. 그리고 속으로 다짐했다. '그래, 이 녀석아. 왜 이제야 날 찾아 왔니. 넌 이제부터 내 딸이다. 하늘나라로 간 네 아빠보다 내가 훨씬 나이가 많지만 결혼식장에 너를 데리고 들어갈 힘은 남겨 두마.'

## 치맛바람
편들기


　대학에서 전국 고등학생을 대상으로 1박 2일 토론대회를 열었다. 잠재력 있는 괜찮은 학생을 발굴하자는 취지였다. 난 평가자로 참가했다. 전국에서 많은 학생이 참가했고 큰 행사장의 모든 방을 팀별 토론장으로 만들 정도로 성황을 이뤘다. 대개 한 팀에 배정된 토론 인원은 학생 7~8명이고, 평가자는 교수 1인과 고등학교 교사 2인으로 구성되었다. 우리 팀에 배정된 학생 여덟 명 중 일곱 명은 여학생이고 한 명만 남학생이었다. 다른 팀도 마찬가지였다. 두 시간 남짓한 토론 과정을 지켜보면서 똑소리 나는 여성의 힘이 느껴졌고 주눅이 든 남성을 보았다. 시대의 흐름을 이 작은 모임에서도 완연히 실감한다.

벌써 10여 전의 일이다. 우리 학생들을 인솔하고 국토대장정에 나선 적이 있다. 금강산을 구경한 후 강원도의 통일전망대부터 캠퍼스까지 걷는 코스였다. 20여 명의 외국인 학생을 포함한 150여 명의 학생들과 한계령을 함께 걷고 넘어 당도한 곳이 내설악 백담사 근처였다. 학교 본부의 도움으로 우리 일행은 용대리 주변 전방 군부대 내무반을 하룻밤 숙소로 사용할 수 있었다. 고맙다는 인사를 하러 중대본부를 찾았는데 그 내무반 중대장은 뜻밖에도 여성이었다. 전투부대 중대장이 여성이라니. 36개월의 군 경험이 있는 내겐 놀라운 격세지감이었다.

어딜 가도 곳곳에 여성들이 넘친다. 커피숍, 영화관, 산책로, 등산로, 도서관 어딜 둘러봐도 여성들이 더 많다. 중등 교육계는 이미 여성 파워가 자리한 지 오래고 과거 남성 구역으로 취급되었던 법조계도 여성 파워가 휘몰아치고 있다. 심지어 해외 유학생도, 장학생도 대부분 여성이다.

리더는 힘을 가진 자다. 힘을 갖지 못하면 리더가 아니다. 리더는 어떤 힘이라도 가져야 한다. 조폭의 리더처럼 근육의 힘이 좋든지, 기업의 리더처럼 돈의 힘이 좋든지, 학교의 리더처럼 머리의 힘이 좋든지, 정치 권력의 리더처럼 술수의 힘이 좋든지, 하다못해 사기 치는 힘, 교활한 힘이라도 있어야 한다. 세계사적으로 요즘처럼 여성들이 힘을 가진 리더 그룹에 많이 낀 것도 유례가 없다. 여성의 힘은 무엇일까.

근육의 힘으로 세상을 지배하던 시대는 농경사회다. 노동의 힘으로 세상을 지배하던 시대는 산업사회다. 21세기는 지식 정보화 사회다. 지식과 정보는 완력을 필요로 하지 않는다. 섬세함과 정교함이 힘이다. 이런 힘을 여성은 남성보다 훨씬 많이 가졌다. 보는 시각은 다양하겠지만 최근 여성적인 남성이 인기인 것도 이런 맥락으로 볼 수 있다. 20세기 초 유럽과 동북아시아에서 벌어진 1, 2차 세계대전이 당시 여성들보다 남성들의 숫자가 훨씬 많은 탓으로 보는 시각도 있다. 믿거나 말거나이지만.

어쨌거나 여성의 힘이 많이 세졌다. 여성이 남성에게 눌려 산다는 얘기는 이미 구닥다리다. 근육과 노동의 힘으로 지배하는 시대는 끝났다. 가정, 학교, 기업 등 각 사회 분야에서 남성이 완력으로 여성을 누르려고 한다면 그는 곧 범죄자일 뿐이다. 그럴 수도 없고 그러지도 못한다. 많은 남성들이 세상이 바뀌었다고 한탄한다.

이런 발상도 남성 우월주의적 발상이다. 바뀌긴 뭐가 바뀌나. 시대의 흐름일 뿐이지.

이 시대의 청춘 여성들이여. 다들 귀한 집 자식들 아니냐. 아들 낳았다고 혼자 포장마차 가서 소주 마시고 딸 낳았다고 떡 돌리는 시대다. 다시 한번 고하노니 이제 자네들의 시대다. 자네들의 그 섬세함과 정교함으로 더욱 거대한 힘을 발휘할 때다.

시대의 흐름을 바로 읽고 자식을 위한 과거의 치맛바람이 아니라 인류를 위한 치맛바람을 일으켜야 한다. 이제 연약한 여성이라는 굴레를 벗어던지자. 아직도 근육의 힘으로 버텨 보려는 추악한 남성들이 남아 있는 이 형편없는 시대를 바로잡자. 다양한 사회 구성원 사이에서 여성의 외연이 넓어지고 있다. 그만큼 사회적 책임도 따른다. 자네들은 무책임한 이 하강사회를 다시 상승사회로 전환시킬 의무와 능력이 있다. 나는 자네들의 그런 멋진 모습을 편들 수밖에 없다.

이 시대의 청춘 여성들이여.

다시 한번 고하노니 이제 자네들의 시대다.

자네들의 그 섬세함과 정교함으로

더욱 거대한 힘을 발휘할 때다.

아직도 근육의 힘으로 버텨 보려는

추악한 남성들이 남아 있는

이 형편없는 시대를 바로잡자.

# 책 밖의 책,
  여행

아침에 일어나 등교나 출근을 위해 나서는 길과 여행을 위해 나서는 길은 느낌부터 다르다. 등교나 출근은 그냥 늘 하던 대로 전철을 타고 버스를 타고 낯익은 거리를 지나 낯익은 사람을 만난다. 아무 생각 없이 걷더라도 내 발길이 알아서 간다. 여행은 그렇지 않다. 여행은 늘 가던 길을 가지 않는다. 익숙하지 않은 교통편을 이용해 생소한 거리와 낯선 사람을 만난다. 비행기를 타고 좀 더 멀리 떠난 여행길이라면 초행자의 기대와 설렘은 극에 달한다. 나와 다른 문화, 다른 사람을 만나는 일은 한 권의 책을 보는 것 같다.

책과 여행은 많이 닮아 있다. 다만 그 느끼는 방법이 다를 뿐이다. 책도 체험이요, 여행도 체험이다. 책은 저자의 눈에 의한 간접체험이요, 여행은 자신의 눈을 통한 직접체험이다. 책은 눈으로 보는 정적 체험이요, 여행은 발로 보는 동적 체험이다. 책은 조용한 여행이요, 여행은 움직이는 책이다. 책은 한 번의 여행이 되고, 여행은 한 권의 책이 된다.

책과 여행은 분명 서로 우열을 가늠할 수 없는 정신적 풍요로움을 우리에게 선물해 준다. 다만 책의 여행자나 여행의 여행자가 자신이 선택한 여행을 어떻게 즐기느냐에 따라서 그 선물의 정도가 다르다. 책과 여행을 통해 얻은 선물은 남이 주는 것이 아니라 자기가 스스로 만드는 것이다.

책은 책다운 기품이 있고 여행은 여행다운 멋이 있다. 책을 즐기는 사람에게는 책에서 풍기는 기품이 배어난다. 여행을 즐기는 사람에게는 여행에서 풍기는 멋이 배어난다. 만일 책과 여행은 둘 다 즐기는 사람이라면 책의 기품과 여행의 멋을 함께 지닌 사람이다. 이런 사람이야말로 일등 신랑감이요, 일등 신붓감이다. 도서관 서가 한 귀퉁이에 앉아 책 속에서 무언가를 열심히 찾고 있는 청춘이 있다. 한창 여행 중이다. 책 속으로의 여행. 저 청춘의 뒷모습에서 풍기는 기품과 멋은 아무도 따라올 자가 없다.

나는 간혹 원형 열람실을 찾는다. 마치 여행을 떠나는 사람처럼 그곳에 간다. 새로운 논문 주제가 머리에 떠오르면 그 때마다 그곳에 간다. 혹 이 주제를 다른 연구자가 쓰지나 않았을까 하는 조바심과 두근거림으로 그곳을 간다. 때로 허탈함을 느낄 때도 있고 희열을 맛볼 때도 있다. 해외 여행지에서 느끼는 감흥을 도서관에서도 느낀다.

곧 방학이다. 방학은 둘 중의 하나다. 책과 여행. 뭐든 다 좋다. 책 밖의 책을 즐기든 책 속의 책을 즐기든 선택은 자유다. 떠나자. 송광사도 한 권의 책이요, 성철도 한 권의 책이다. 이스탄불도 한 권의 책이요, 들뢰즈도 한 권의 책이다. 눈으로 만나고 발로 만나자.

책은 책이요, 여행은 여행이지만, 책은 여행이요, 여행은 곧 책이다.

책과 여행은 많이 닮아 있다.
다만 그 느끼는 방법이 다를 뿐이다.
책은 한 번의 여행이 되고, 여행은 한 권의 책이 된다.

4

해와 달과 별을
닮은 눈빛으로

## 위로받지 않을
권리

오전 열한 시. 종로 5가역을 가기 위해 석계역에서 1호선 전철을 탔다. 광장시장에서 순댓국과 빈대떡 한 장 먹기 위해 가던 참이었다. 비교적 한가한 시간이라 전철 칸의 승객들이 모두 앉아 있다. 빈자리를 찾기 위해 둘러보았다. '세상에 이럴 수가.' 그 전철 칸에는 할머니, 할아버지들이 누구도 예외 없이 무표정한 얼굴로 앉아 있었다. 한켠에서는 청춘들을 비난하는 쪽과 옹호하는 쪽으로 나뉘어져 큰소리로 격렬한 논쟁이 벌어지고 있었다. 빈자리가 곳곳에 있었지만 난 앉을 수 없었다. 아니, 앉기 싫었다. 적어도 난 이 전철 칸에서만큼은 청춘이고 싶었다.

청춘이 없다. 참으로 큰일이다. 청춘이 없는 사회, 너무나 끔찍하다. 생각하기도 싫다. 과거만 있고 미래가 없다. 청춘들에게 이토록 많은 짐을 지게 해 놓고 제대로 된 일자리조차 주지 못하는 사회. 이건 정말 아니다. 정말 아니다.

오전 여덟 시. 역삼역에 가기 위해 삼성역에서 2호선 전철을 탔다. 작은 벤처기업의 조찬 모임에 초청돼 가는 길이었다. 매우 바쁜 출근시간 전철 칸의 승객들이 숨 쉬기도 버거울 정도로 빽빽하게 들어차 있다. 내 키는 170센티미터다. 내 또래와 비교해서 그다지 작은 키는 아니지만 나는 덩치 큰 청춘 남녀의 숲속에 갇힌 꼴이 되었다. 전방 눈높이에는 청춘 남성의 넥타이가 보이고, 옆으로는 청춘 여성의 흑단 같은 머리채만 보인다. 얼굴을 보려면 올려다봐야 한다. 적어도 난 이 전철 칸에선 경로우대다.

청춘이 있다. 참으로 좋다. 청춘이 있는 사회. 참으로 행복하다. 생각하면 생각할수록 흐뭇하다. 과거는 없고 미래만 있다. 이 멋진 청춘들에게 짐을 지우고 싶지 않다. 이토록 잘생기고 덩치 큰 청춘들이 있으니 우리의 앞날은 밝다. 정말 멋지다.

여기저기서 이 시대의 청춘들을 위로하는 말들과 행사가 봇물을 이루고 있다. 남에게 위로받는다는 것을 뒤집어 생각하면 지금의 내 처지가 딱하다는 것이다. 위로의 말은 따뜻하지만 위로를 듣는 나는 불쌍하다. 청춘을 위로한다는 것은 곧 청춘을 불쌍히 여긴다는 것으로도 해석될 수 있다. 청춘은 몸과 마음이 싱싱하고 푸름을 지녔다. 그들은 살아온 나날보다 살아갈 나날이 훨씬 더 길다. 그런데 그들이 왜 불쌍한가. 그들을 불쌍히 여길 아무런 이유가 없다. 오히려 불쌍한 건 청춘이 아니라 비청춘들이다. 이렇게 거지 같은 시대를 만든 비청춘들이 누구를 위로하는가.

이렇게 아까운 청춘 인력들을 내팽개치고 있는 시대가 죽어야한다. 이런 죽은 시대를 운영하고 있는 비청춘들이여. 잘난 것 하나 없다. 스스로를 부끄럽게 여기고 자신을 불쌍히 여겨라. 스스로에게 물어라. 청춘을 위로할 자격이나 있냐고. 만일 청춘들에게 들려 줄 말이 있다면 병 주고 약 주는 위로의 말이 아니라 자신을 낮추고 기 살리는 말을 해 주어야 한다.

청춘들이여, 신경질을 내자. 내가 왜 당신들에게 위로받아야 하냐고, 너나 잘하시라고 하고 머리띠 질끈 동여매고 뛰어 보는 거다. 청춘은 청춘으로 자랑스럽다. 시간은 기다려 주지 않는다. 청춘들도 조만간 비청춘이 된다. 비청춘이 된 후 청춘을 그리워하지 말고 청춘을 설계하자. 청춘을 즐겨 보는 거다. 백수면 백수인 대로, 직장인이면 직장인인 대로 있는 그대로 날 인정하는 거다. 그리고 즐기다 지치면 다시 부활하자. 이것이 청춘이고, 지금 너는 청춘이다.

청춘은 몸과 마음이 싱싱하고 푸름을 지녔다.
그런데 그들이 왜 불쌍한가.
오히려 불쌍한 건 청춘이 아니라 비청춘들이다.

# 늙지 않는 법

새해가 되었다. 임진년이다. 나는 임진년 생이다. 인생 주기가 한 바퀴 돈 셈이다. 그래서 '회갑回甲'이라 한다. 한 바퀴를 돌았다는 것은 살 만큼 살았다는 증거다. 이제부터의 삶은 덤으로 사는 것이다. 한 바퀴를 도는 동안 제대로 살지 못했다면 늙어서 좀 제대로 살아 보라는 메시지다. 그러니 회갑 잔치를 벌이고 축하 논문집을 만들고 하는 등등의 일들은 일종의 모욕이다. 제대로 살라는 경고를 받은 주제에 축하라니.

돌이켜 보면 동란동이로 태어나 어린 나이에 전쟁과 기아, 질병으로 여러 차례 죽음의 고비를 맞고 심약하고 빼빼 마른 청춘으로 성장하면서 딱한 모습을 너무 많이 봐야 했던 팔자였다. 소시민의 자식으로 태어나 누구 하나 변변히 돌봐 주는 사람 없이 삶의 순간순간마다 크고 작은 권력으로부터 수모를 당하며, '다 내 탓이다. 내가 모자란 탓이다. 내가 못나 그렇다' 자책하며 살아왔다. 그래도 여기까지 올 수 있었던 것은 나를 이끌어 주신 선하고 올곧은 선생님들 덕분이다. 그분들을 의지하고 그분들을 사랑했다.

난 청춘을 가르치는 일을 하고 있다. 난 청춘들 덕분에 먹고산 사람이다. 청춘이 곁에 있어 세상을 향해 목청 높일 기회도 있었다. 청춘은 나의 보호막이었다. 허나, 선생님들을 따라 선하고 올곧게 살자고 다짐해 놓고도 잘못을 저지르고, 불의를 뻔히 보고도 그냥 못 본 척 지나친 일도 있었다. 그 불의에 의해 피해를 입은 청춘들을 외면한 적도 있었다. 나섰다간 먹고사는 일조차 힘들 것이라는 두려움이 앞섰다. 나는 훗날 언젠가 이 일로 인해서 벌을 받을 거라 생각한다.

언젠가 부와 명예를 다 가진 분들의 신년 교례회에 강사 자격으로 참석한 적이 있었다. 숱 많은 반백 머리에 포마드를 바른 초로의 멋진 신사가 건배 제의를 하면서 '구구팔팔'이라는 구호를 함께 외치자고 했다. 99세까지 팔팔하게 살자는 말이었다.

이 많은 힘 있는 분들이 99세까지 팔팔하게 권력을 누리고 살면 청춘들은 언제 권력을 누려 보나. 청춘의 앞길을 꽉 막고 있는 사람들. 청춘의 갈 길을 틀어쥐고 자기 입맛에 맞는 청춘들을 꼬드겨 길을 터 주는 사람들. 큰 권력에 아첨하고 호가호위하면서 힘없고 기죽어 사는 사람들에게 굴종과 모욕을 서슴없이 강요하는 사람들. 음해와 술수로 권력을 탐하고 탐욕과 이기심으로 가득찬 사람들이 99세까지 팔팔하게 산다면 이 나라는 없다.

청춘은 어차피 나이로 밀린다. 청춘은 대부분 피지배자다. 청춘이 빨리 지배 권력을 가지고 싶다면 북한처럼 아버지를 잘 두면된다. 아쉽게도 대부분의 청춘들은 아버지가 시원치 않다. 빽 없고돈 없는 청춘이 현 세상에서 지배 계층으로 진입하는 지름길은 두가지다. 굴종적 성실과 위선적 아첨이다. 성실하게 굴종해야 한다. 성실하고 정의로우면 지배 계층으로의 진입은 불가하다. 더 빠른길은 아첨이다. 윗분들을 위대하시다고 칭찬해 주고 자기를 위선으로 포장하면 된다. 그러나 분명한 사실은 이렇게 해서 얻은 보잘것없는 권력은 자신이 당대에서 대가를 치르거나 아니면 훗날 자손들이 참담한 대가를 치른다는 점이다. 지금의 우리 현대 정치사가 그것을 여실히 증명해 보이고 있다.

　나이가 먹으면 늙는다. 육체만 늙는 것이 아니라 정신도 늙는다. 얼굴은 무섭게 변하고 행동은 고집불통이다. 흔히들 몸은 늙었지만 마음은 청춘이라 한다. 미안하지만 그렇지 못하다. 마음은 더 늙어 있다. 늙음은 몸보다 마음이 더 앞서간다. 나이가 먹으면 먹을수록 굴종적 성실과 위선적 아첨에 능숙해진다.

　청춘들이여, 서둘러 늙지 말자. 몸이 청춘이니 마음도 청춘이어야 한다. 비굴하거나 비겁하지 말자. 아첨하거나 남을 헐뜯지 말자. 불의에 저항하고 속박당하지 말자. 진리만을 말하자. 청춘은 생리적으로 뻐딱해야 어울린다. 남에게 칭찬을 들으려 하지 말자. 남을 따라하지 말고 자유로운 영혼을 지녀야 한다. 인생의 출발점을 정의로움과 슬기로움에서 시작하자. 세상은 만만치 않고 험난하기 짝이 없지만 불의로 가득 찬 세상은 아니다. 정의의 불씨들이 곳곳에 자리하고 있다. 그 자리에 청춘이 있어야 한다.

## 노강과
## 난정

　20여 년 전의 일이다. 오랫동안 학회를 이끌어 오셨던 78세의 난정 선생님께서 내게 전화를 주셨다.

　"노강을 한번 가까이 뵈어야 되겠다. 어렵게 사신다는 것은 알고 있지만 어떻게나 사시는지 뵙고 싶다. 뵙지 못하고 그분이 돌아가시기라도 한다면 천추의 한이 될 게다."고 하며 "네가 앞장을 서라."고 하셨다.

　한 해 두 번, 정월 초하루와 스승의 날에 찾아뵙던 분이 있다. 학교를 퇴임하고 가진 것이라곤 책밖에 없으셨던 노강 선생님. 일정한 거처가 마련되지 않아 그 많은 책짐을 끌고 집을 옮겨 다니기를 수차례. 그 고초가 이만저만이 아니었을 83세의 키 작은 노인.

그분은 동그랗게 누워 계셨다. 두어 간 남짓 되는 방이 온통 책으로 둘러싸이고 방 전체가 발 디딜 자리도 없이 책으로 쌓인 틈속에 당신의 작은 한 몸이 다 들어간 방석 위에서 동그랗게 몸을 말고 주무시고 계셨다.

난정 선생님과 난, 노강 선생님을 깨우지 못하고 조용히 방문을 닫고 한참을 같이 마음으로 울었다.

"어이쿠, 이런, 이런…. 그동안 이렇게 사셨구나. 이런 줄도 모르고 아이쿠 이런, 이를 어째, 이를 어째." 난정 선생님 눈에 눈물이 고였고, 난 그냥 따라 소리 없이 울었다.

"주무시는 모습만 보고 그냥 갈 수 없다. 그분을 뵈어야겠다. 네가 가서 조용히 깨워라."

다시 문을 열고 들어갔다. 방석 위에서 잠든 노강 선생님은 성자셨다. 한 손에 책을 쥐고 한 손에 돋보기를 쥐고 동그랗게 잠이 든 선생님은 성자셨다. 난 선생님의 어깨를 살짝 흔들며 아주 작은 목소리로 말했다.

"선생님. 저 왔어요."

몸을 조금 뒤척이셨지만 잠에서 깨어나지 않으신 것 같았다. 나는 순간 선생님을 깨우는 것이 망설여졌다. 몇 해 전부터 선생님은 치매 기가 있으셨다.

"난 밥 먹기 싫어. 밥을 너무 많이 먹었어. 라면 줘." 몇 해 전부터 아침에 라면 반쪽, 저녁에 라면 반쪽 그리고 소주 한 잔으로 끼니를 채우신다는 말을 전해 들은 적이 있었다.

그해부터 노강 선생님은 그렇게 가까웠던 후학들조차 전혀 기억하지 못하셨다. 그나마 나는 어렴풋이 기억해 주셨지만 항상 나를 볼 때마다 결혼은 했느냐고 물으시곤 했다. 선생님은 내 결혼식에도 참석해 주셨으면서도. 아마도 오래전 나를 장가보내 주시기 위해 애쓰시던 기억만을 남기고 계셨던 모양이다.


'혹 잠에서 깨어나 선생님을 알아보지 못하시면 어쩌나.'

나는 선생님을 깨우다 말고 난정 선생님께 말을 건넸다.

"선생님, 몇 해 전부터 선생님께서 치매 기가 있으십니다. 혹 못 알아보실 수도…."

"알았다. 그래도 깨워 보거라. 여기까지 왔는데 뵙고 가야지. 못 알아보시더라도…."

나는 조금 더 힘을 주어 선생님을 깨웠다. 헤아릴 수 없이 많은 주름과 한 개뿐인 치아를 거리낌 없이 드러내고 동그란 몸을 활짝

펴 일어나셨다.

"누구야?"

"접니다." 선생님과 나는 합창하듯 동시에 대답했다.

"남 선생 아냐. 아니 남 선생이 여기 웬일이야."

참으로 놀랍게도 나보다 난정 선생님을 더 먼저 알아보시는 것이 아닌가.

"몸은 괜찮우? 너무 오랜만이유. 이렇게 살고 있었구먼그래, 노강."

"괜찮아. 근데 여긴 어떻게 알고 왔어?"

"이 친구가 차 태워 줘서 왔지. 내가 한번 가 보자 그래서…."

그 말씀에 노강 선생님은 날 쳐다보셨지만 아무런 말씀도 하지 않으셨다.

"남 선생은 어때, 건강하우?"

"그냥, 그래요. 힘들지 뭐. 식사는 잘 하우?"

"밥? 먹지."

그리고 두 선생님은 한동안 말을 잊지 못했다. 아마도 두 분은 오래전의 일들을 회고하고 계시는 것 같았다.


지금은 없어져 버린 화신백화점 뒤편에 백년 세월을 넘긴 이문

설렁탕집이 있다. 우리 학회는 항상 이문설렁탕집 2층에서 열리곤 했다. 어린 나이에 학회에 참가하여 가장 인상 깊었던 것은 당시 93세의 일석 이희승 선생님이 앉아 계시면 83세의 이숭녕 선생님이 이희승 선생님 앞에 큰절을 하고 앉으시고, 그다음으로 75세의 노강 선생님께서 또 이희승 선생님, 이숭녕 선생님 순으로 큰절을 하고 앉으시고 70세의 남광우 선생님, 김민수 선생님도 똑같이 순서로 절하고 앉으시는 모습이었다. 그분들을 가까이 뵙고 있다는 것만으로도 매우 행복한 시절이었다.


"좀 더 몸 좀 추스르고 학회 한번 걸음 하시우. 우리 사무실도 커지구 할 일이 많아. 노강이 좀 돌봐 줘야지."

"그럼 한번 가 봐야지." 하나뿐인 앞니도 거의 뿌리가 보일 정도로 간신히 걸려 있었다.

"그럼 가우. 몸 성히 계시우."

"잘 가요. 너도 조심해 가거라."

20분 남짓의 만남이었지만 두 분은 꽤 오랜 시간을 같이 보낸 분들처럼 헤어졌다.

'남을 가르치는 일처럼 엄청난 일은 없다. 남을 다스리는 일보다 남을 부리는 일보다 훨씬 더 우월하다. 남을 가르칠 수 있다는 것만으로도 복은 넘친다. 우리는 복 받은 늙은이다.' 그날 그 두 분 선생님이 서로 나누시던 말씀이다.

　나이가 들면 누구나 추해지기 마련이다. 몸도 마음도 추해진다. 몸은 추해질망정 맑은 영혼을 지닌 분들이 있다. 그분들은 늙어 더 아름다워지는 사람이며 이미 사람의 벽을 넘어선 성자와 같다. 아무나 성자가 되는 것은 아니다. 누구나 다 성자가 된다면 누구나 다 성자가 아니다.
　이듬해 노강 선생님보다 난정 선생님이 먼저 돌아가셨다.

몸은 추해질망정 맑은 영혼을 지닌 분들이 있다.
그분들은 늙어 더 아름다워지는 사람이며
이미 사람의 벽을 넘어선 성자와 같다.

# 호주머니 공유하기

한 달 봉급을 받으면 통장으로 송금된다. 내가 번 돈이지만 내 것이 아니다. 통장은 안사람이 관리하므로 입출금 내역에 대해선 별로 아는 것이 없다. '잘 하고 있겠거니'라 생각하면 된다. 봉급이 들어온 며칠 뒤 내가 따로 관리하는 통장에 40만원이 입금된다. 공식적인(?) 내 한 달 용돈이다. 나의 한 달 살림은 이보다 더 많이 든다. 들쭉날쭉하지만 많게는 80만 원에서 적게는 50만원 내외로 한 달 용돈을 쓰고 있다. 씀씀이가 이 정도니 공식적인 용돈 40만 원으론 턱없이 부족하다. 늘 쪼들리긴 하지만 간혹 특강료, 출제 료, 원고료, 수당 등 봉급 외 수입이 쏠쏠하니 적자는 근근이 면하 고 있다.

용돈의 쓰임새는 주로 책값, 밥값, 술값, 교통비다. 씀씀이를 줄여 보려고 노력하지만 잘 되지 않는다. 몇 년 뒤 퇴임하게 되면 연금으로 살아야 하니 지금부터 줄여 나가는 연습을 해야 하는데 쉽지 않다. 최근에 책값은 줄고 밥값과 술값이 늘고 있다. 난 지금까지 내 호주머니에 있는 돈을 내 돈이라고 생각해 본 적이 없다. 내 것이지만 언젠간 나갈 돈이고 대부분 남들과 공유하므로 내 호주머니에 있다고 해서 다 내 돈이 아니다.

30여 년이라는 세월 동안 학생을 가르치면서 내게 붙여진 별명도 가지가지다. 최근에 친한 교수들이 내게 '존 웨인'이라는 별명을 붙여 주었다. 존 웨인은 미국의 오래된 배우로 전통 서부영화에서 총을 빨리 뽑기로 유명한 사람이다. 점심시간에 같이 밥을 먹으면 내가 식대를 재빨리 계산하기 때문에 붙여진 별명이다. 웃어야 할지 울어야 할지. 알고 보면 꼭 식대를 빨리 내서가 아니다. 내 나이가 먼저 낼 수밖에 없는 나이다. 내가 만나는 사람은 청춘이 대부분이고 간혹 학내외 선후배 교수들, 집안 어르신들이다. 술을 마시건 밥을 먹건 다 내가 돈을 내야 한다. 청춘들과 만나면 당연히 내가 사야 한다. 나는 돈을 벌지만 청춘들은 돈을 벌지 못한다. 청춘들에게 돈을 부담시키는 것은 말도 안 된다. 난 청춘들에게 밥을 사 주면서 그냥 사 주지 않는다. 훗날 취직해서 300배로 갚으라고 한다. 난 진심인데 다들 농담으로 안다. 정말 300배를 받고 싶다. 아니, 청춘들의 능력을 믿고 있을 뿐이다. 300배 받을 수 있는 날이 오면 이미 난 늙어 돈을 쓸 데가 없을 터이니 별 수가 있겠는가. 다시 청춘들에게 돌려줄 수밖에.

이따금 내가 관여하는 학회에서 우리 학교를 빌려 한자시험을 치른다. 응시자가 3000명 이상이면 관리 책임자에게 보너스를 준다. 우리 학생들이 휴일에 나와 시험 감독과 관리를 해 준다. 알바치곤 괜찮은 액수지만 휴일에 시간을 뺏기니 좀 그렇다. 그래서 난 관리 책임자에게 더 주는 그 돈을 장학기금으로 기탁한다. 몇 차례 지속되어 재미를 봤지만 응시자가 3000명을 넘기란 여간 어려운 일이 아니다.

작년 말, 난 우리 단과대학에서 베스트 티처 상을 받은 적이 있다. 적지 않은 상금을 받았다. 근데 이걸 쓰자니 마음에 걸렸다. 청춘들에게 좋은 강의 평가를 받았다고 돈을 받는다는 게 어쩌 좀 그렇다. 모두 장학기금으로 기탁해 버렸다. 청춘에게 돌려주니 얼마나 홀가분한지. 칼럼을 쓰면 원고료를 받는다. 청춘들이 봐 주는 것만으로도 고마운데 돈까지 주니 얼마나 좋은가. 근데 이 돈 역시 그냥 '인 마이 포켓'을 한다는 것이 좀 그렇다. 그래서 일부를 학보사 학생들을 위한 장학금으로 기탁했다. 청춘에게 돌려주니 얼마나 홀가분한지.

위촉 입학사정관을 하면서 사회배려대상자 전형에 지원한 인간 승리 청춘을 보면서 감탄하곤 한다. 참으로 어렵고 척박한 환경에서 이토록 꿋꿋이 자기를 이겨 낸 청춘들. 소중하기 이를 데 없다. 내가 받은 입학사정관 수당 일부를 그 청춘을 위한 장학금으로 기탁했다. 청춘에게 돌려주니 얼마나 홀가분한지.

청춘들 덕분에 먹고살았으니 청춘들에게 돌려주는 것은 당연한 일 아닌가. 정치권 여야 할 것 없이 반값 등록금을 해 주겠다고 말해 놓고 흐지부지되는 느낌이다. 되는 일도 없고 안 되는 일도 없고 뭐하자는 건지. 국가 장학금이라는 이름 아래 생색만 내고 있다. 방학 내내 학비를 벌기 위해 애쓰는 청춘들을 바라보면서 마음이 짠하다.

청춘에게 받은 만큼 청춘에게 돌려주기 캠페인이라도 벌여야겠다. 기업가는 청춘의 노동으로 돈을 버니 그만큼 돌려주고, 선생은 청춘을 가르쳐 돈을 버니 그만큼 돌려주고, 부모는 내 새끼 청춘들이 있어 생의 보람과 가치를 느끼니 그만큼 돌려주자고. 대신 우리 청춘들은 돌려받은 돈을 값지게 쓰고 다음 청춘들에게 돌려줘야 한다.

　신학기가 되면 언제나 수강신청이 끝난 직후 내 과목을 신청해 준 수강생들에게 자기소개서를 써 오게 하고 3~4일에 걸쳐 모두 한 번씩 희망에 따라 점심과 저녁을 함께한다. 수강생들의 얼굴과 이름을 외우기 위해서다. 사진 출석부가 있다지만 고등학교 시절에 찍은 사진이어서 현재 모습과 너무 달라 이것만으로 수강생들을 기억하기란 쉽지 않다. 지은, 지윤, 지혜, 지선, 준혁, 준수, 준성 등 비슷비슷한 이름도 많아 헷갈린다. 같이 밥을 먹으면 얼굴과 이름을 쉽게 외우게 되고 거리감을 줄일 수 있다.

　배우는 사람이 가르치는 사람에게 갖추어야 할 도리만 있는 것이 아니다. 가르치는 사람도 배우는 사람에게 갖추어야 할 도리가 있다. 강의를 듣는 학생의 얼굴과 이름을 알고 불러 준다는 것은 가르치는 사람의 도리다. 수강생의 얼굴과 이름을 훤히 알아 버리면 강의실이 한눈에 들어오고 출석을 일일이 부르지 않아도 결석생을 파악할 수 있다. 수강생 개개인의 특성을 알게 되고 친근하게 대화를 나눌 수 있어 아주 편하다.

저녁식사를 하려고 10여 명의 학생이 모였다. 순간 참 어이없는 일이 벌어졌다. 내 앞에서 버젓이(?) 같은 과 같은 학번끼리 서로 첫인사를 나누고 있는 것이 아닌가. 대학을 2년 동안이나 같이 다니고도 서로 모르고 있었다니. 이건 아니다 싶어 왜 이런 일이 벌어졌는지 꼬치꼬치 물었다. 같은 과지만 얼굴은 아는데 말 한 번 건네 보지 못한 학우도 있다고 했다. 우리 과는 맞는 것 같은데 아직 이름조차 모르는 학우도 있다 했다. 숫제 그냥 누군지도 모르는 학우도 있다고 했다. 입학 정원 60명의 학생들이 입학 후 오리엔테이션, MT, 답사를 거치면서 서로 다 알 수 있으련만.

학교에 오면 몇 명의 친한 친구들과 어울려 다닌다. 그렇게 한 학과는 몇 개의 소그룹으로 나눠진다. 3학년쯤 되면 개인 사정, 스펙 준비, 어학연수, 교환학생 등등 여러 가지 이유로 휴학하는 학생도 많고, 군대 갔다 돌아온 학생들이 복귀하면 강의실은 어수선해지고 각각의 소그룹들은 더 공고해진다. 같은 과 학생들과 더 높은 벽을 쌓는다. 군중 속의 고독이다.

복수 전공 제도가 활성화됐지만 남의 과 강의실을 들어가려면 조금 주눅이 든다. 과 이기주의가 피부로 닿아 온다. 여기저기 기웃거려 보지만 반기는 곳은 별로 없다. 그저 강의실 뒷자리에 앉아 강의 듣고 조용히 나올 뿐이다. 텃세 때문에 학점이 잘 나올지 어떨지도 궁금하다.

대학 한 학부의 입학 정원이 240명인 곳이 있다. 4학년까지 있으니 재학생은 총 960명이다. 고등학교에서 내신, 수능 할 것 없이 거의 1등급 수준은 돼야 이 학부에 명함을 내밀 수 있다. 학부 사정에 대하여 잘 모르지만 복수 전공을 하는 학생이 전하는 말에 의하면 강의는 주로 100여 명을 넘나드는 대형 강의가 많고 출석도 조교가 부른다고 한다. 교수는 강의실 이외의 장소에서 만난 적이 별로 없다고 했다. 한 학생이 전하는 말이지만 학부제가 가지는 어려움을 읽을 수 있다. 십수 년 전 교육부는 대학에게 편제 개편을 강요하다시피 했다. 학과제를 학부제로 전환하라는 권고였지만 그렇게 하지 않으면 행·재정상의 불이익을 준다 했으니 일종의 준명령과 다름없었다. 학문적 폐쇄성을 지양하고 학생들에게 다양한 전공 선택권을 부여하자는 의도였지만 실제로는 학생 단위의 결사체를 통제하기 위한 수단이기도 했다. 교육부가 대학의 인성적 소통 구조를 폐쇄적으로 만든 셈이다.

이쯤 되면 대학은 갇힌 공간이다. 이런 소통 구조의 폐쇄성을 지닌 대학은 더 이상 대학일 수 없다. 대학은 학생들에게 물리적, 심리적 열린 공간을 제공하고 어떻게 하면 학생들에게 더 큰 자유를 누리게 해 줄 수 있을 것인가를 고민해야 한다. 열린 세계에서 창의성이 나오는 것은 자명한 사실이다. 서로의 지식과 인간적 정을 나누고 폭넓은 안목으로 세상을 볼 수 있는 세계관을 키워 주는 일이 대학이 할 일이다. 이기적 청춘, 분산된 청춘, 고립된 청춘을 키우는 곳이라면 더 이상 대학이 아니다.

소통 구조의 폐쇄성을 지닌 대학은 더 이상 대학일 수 없다.
이기적 청춘, 분산된 청춘, 고립된 청춘을 키우는 곳이라면
더 이상 대학이 아니다.

## 너의 막막함,
## 나의 먹먹함

작년 말부터 3, 4학년 학생을 대상으로 진로와 취업에 대한 상담을 하고 있다. 누가 봐도 참 괜찮은 학생들. 남녀 불문하고 어딜 내놔도 빠질 게 없는 건강과 외모. 능력과 자질도 이 정도면 아쉬울 게 없는 학생들. 마음 씀씀이가 어질고 선하기 짝이 없는 학생들. 그런데 이런 학생들이 모두 하나같이 힘들어 하고 있다. 도대체 이런 학생들이 왜 힘들어야 하는지 그저 화가 날 뿐이다. 그냥 막 울화통이 터진다.

수업시간이면 강의실 맨 앞에 앉아 열심히 수업을 듣는 학생. 외모도 수려하고 자기를 가꿀 줄 아는 학생. 뭐가 그리 좋은지 항상 웃고 다니는 학생. 오순도순 조잘조잘 동료들과 잘 어울리는 학생. 농담을 하면 씩 웃어 주며 받아칠 줄 아는 학생. 대답도 씩씩한 학생. 내가 평소에 보고 느낀 한 여학생의 모습이다. 그런데 그 멋진 여학생이 남기고 간 상담 기록은 충격적이다.

앞날이 막막합니다. 일단 휴학을 선택하게 되었는데 겁이 많이 납니다. 돈은 없고 무엇인가는 해야 되겠는데 급하게 아르바이트를 구하러 다녔습니다. 번번이 아르바이트 이력서를 퇴짜 맞으면서 많이 울었습니다. 이게 무슨 본격적인 취업도 아닌데 벌써부터 지치고 자신감이 없어져서 우울했습니다. 다행인지 불행인지 동네 빵집에서 일을 하게 됐습니다. 오늘 아침에는 고등학교 후배가 손님으로 와서 아는 척하는데 부끄러워서 눈을 못 마주치고 빵을 줘어 보냈습니다. 이렇게 아르바이트만 하다가 한 학기의 휴학을 흘려보낼까 두렵습니다. 일단 돈을 모아서 학원에 다닐까 합니다.

가슴이 먹먹했다. 이토록 진한 가슴앓이를 하고 있는 줄 꿈에도 몰랐다. 행동거지나 겉모습을 보면 아무런 걱정거리 없이 지낼 법한 학생. 갈등과 불안감을 안으로 삭이고 천연덕스럽게 웃고 다닌 학생. 난 그날 하루 내내 아무것도 할 수 없었다. 도대체 우리는 지금 무엇을 어찌하고 있는 것일까. 구직을 하기 위해 졸업유예를 하고, 스펙을 쌓기 위해 휴학을 하고, 학자금을 마련하기 위해 알바를 하고 상담한 인원의 40분의 1만이 정규직 취업을 한 마당에 학교는 뭘 하고 있는 것일까. 이런 현실을 알기나 알고 있는 것일까.

그러면 우린, 비청춘 교수들은 뭘 했나. 교수가 돼서 공부시켰으면 됐지 취업까지 책임질 수 없다고, 취업은 니가 알아서 하는 거지 우린 알 바 아니라고 외면하지 않았나. 진로 선택과 취업 준비 과정에서 한 번의 만남도 없었고 어느 교수에게도 따뜻한 격려의 한마디 들은 적이 없다고 전하는 학생들. 이 신성한 교육 현장에서 자기 학문의 기득권을 유지하기 위해서 온갖 술수를 쓰고 자기 연구에 이익 되는 일이라면 여기저기 혈안이 되어 쫓아다니고 학생들을 부려 먹고 이용하고 어디서 뭘 하는지 학교 연구실은 무늬만 갖춰 놓고 늘 비어 있고 그러면서도 직위를 이용해 큰소리치고 학생들에겐 나 몰라라. 이런 교수가 학생의 진로와 취업에 관심이 있을 리 만무다. 물론 우리 학교에는 이런 교수가 한 명도 없길 바라지만.

청년실업, 세계 불황, 국내 시장의 경기 침체, 인력 시장의 불균형, 고급 인력의 과잉 공급, 기계에게 빼앗긴 노동시장, 지연 혈연 학연에 의한 메이저 취업 자리의 독식, 선호 직장의 좁은 문. 이런 외적 환경의 어려움을 모르는 게 아니다. 이 외적 환경은 언제 어느 때나 마찬가지다. 지금은 이런 외적 환경을 탓하고만 있을 때가 아니다. 당장 이런 걸 극복할 수 있는 튼튼한 내적 환경을 만들어 줘야 한다. 청춘들이 생존할 수 있도록 새로운 교육 과정 프로그램을 개발해 능력과 자질을 향상시켜 주고 우리가 알고 있는 모든 정보를 총동원해 힘닿는 데까지 도와줄 일이다. 아주 절실하게. 적어도 우리 학생들이 스스로 먹고살아야 하지 않겠는가.

지금 이 시간에도 우리 학생들이 허허벌판 취업의 전장에서 고군분투하고 있다. 눈물겹도록 애처롭고 짠하다. 우선 우리 모두 그들 곁으로 가 따뜻한 차 한잔 나눠 봄이 어떨까.

## 눈빛

　주말 해거름, 다섯 명의 초등학교 동창생과 술자리를 함께했다. 모두 1952년에 태어난 동란둥이들이다. 머리에 된서리가 내린 사람들. 등산과 낚시, 병원이 하루 일상인 사람들. 화제의 첫 번째는 남북 대치의 현 시국과 전쟁 이야기였다. 당시 한 살배기들이 어찌 그리 6·25 전쟁 이야기를 실감 있게 하는지 어이가 없었다. 술자리가 무르익자, 화제는 두 번째로 옮겨 갔다. 자식 자랑이었다. 누구 아들은 유학 가서 MBA를 따 미국계 회사를 다니고, 누구 아들은 사시 합격해서 검사가 되고, 누구 딸은 의과대학을 들어가서 레지던트 2년차라 했다. 잠시 공허한 시간이 흘러가고 술자리가 끝날 무렵 마지막 화제는 '요즘 애들'이었다.

"요즘 애들 왜 이래. 우리는 가난했지만 뭔가 해 보려는 눈빛이 있었어. 요즘 애들 눈빛 좀 봐. 다 죽어 있어. 노래는 그게 다 뭐야. 사내와 계집애를 구별할 수도 없어. 이래 가지고 전쟁이나 치르겠어. 다 안경잡이에다가 체력도 형편없고."

남에게 듣고 스스로 지어낸 전쟁 이야기를 하다가 경쟁하듯 자식 자랑하다가 경쟁하듯 청춘을 비난하는 것으로 술자리는 끝이 났다. 난 그 자리에서 왕따였다. 전쟁 이야기도 아는 것이 없어 침묵했고, 자식 자랑도 할 것이 없어 침묵하다 갑자기 청춘을 비난하는 동창생들을 마구 비난했으므로.
"저 새끼 아직 철이 덜 들었네. 옛날에도 그러드니. 저 자식 지금 교수지, 늦게까지 일하니 좋겠다만…" 막 헤어진 직후 내 등 뒤에 비수처럼 꽂힌 그들의 대화였다.

사랑하는 벗들이여, 제작비 30만 원짜리 연극을 보았느냐. 돈도 아닌 돈을 가지고 만든 연극. 촌스럽지만 어느 누구도 따라올 수 없는 진지함이 묻어나는 한 시간 반 동안의 공연. 아마추어 연극쟁이 청춘들. 그들의 눈빛을 보았느냐.

사랑하는 벗들이여, 대학의 대자보를 보았느냐. 이 글을 쓰기 위해 얼마나 많은 시간을 번민으로 보냈을까. 시대의 아픔을 이토록 온몸으로 느끼고 그 작은 손으로 세상을 바꿔 보려는 청춘들. 그들의 눈빛을 보았느냐.

사랑하는 벗들이여. 검게 그을린 얼굴과 거친 손을 보았느냐. 힘없는 지구촌 사람들을 위해 오랫동안 밤잠을 설쳐 가며 해외봉사를 준비하던 나날들. 캄보디아 오지에서 씻지 못한 어린아이를 덥석 품에 안고 활짝 웃는 청춘들. 그들의 눈빛을 보았느냐.

사랑하는 벗들이여, 열람실 구석에서 쪽잠 자는 청춘을 보았느냐. 누구 하나 도와주는 사람 없이 오직 자신의 능력과 힘으로 거친 세상을 헤쳐 나가야 할 앞날. 뿌연 자신의 미래를 묵묵히 준비하는 청춘. 그들의 눈빛을 보았느냐.

사랑하는 벗들이여, 해 뜨기 전 캄캄한 운동장을 돌고 있는 청춘을 보았느냐. 다들 곤히 잠든 시간 소총을 들고 새벽 훈련을 하고 있는, 아직 턱수염도 제대로 자라지 않은 앳된 청춘. 그들의 눈빛을 보았느냐.

사랑하는 벗들이여, 내 자식 눈빛은 살아 있고 남의 자식 눈빛은 죽어 있더냐. 그들도 너희 자식이다. 내 자식 소중하면 남의 자식도 소중하다. 청춘을 부리며 먹고살고 청춘을 가르치며 먹고살지 않았느냐. 우리 곁의 청춘들이 우리들 때문에 힘들어하는 걸 아는가 모르는가. 청춘의 눈빛을 탓하지 말고 거울에 비친 자신의 눈빛을 봤으면 한다.

사랑하는 벗들이여. 난 청춘의 눈빛에서 해와 달과 별을 보고 있다.

사랑하는 벗들이여.

난 청춘의 눈빛에서 해와 달과 별을 보고 있다.

## 따라하기와
### 따라잡기

한 학생이 서양철학을 전공하기 위해 비교적 알려진 미국 대학의 박사과정에 지원했다. 그 대학 철학과 교수와 면접을 했다. 질문은 단순했다. '귀하는 당신의 나라, 한국철학에 대해 얼마나 알고 있는가'였다. 국내에서 서양철학을 공부하여 한국철학에 대해서는 잘 몰랐던 그 학생은 쭈뼛쭈뼛 대강대강 총론적으로 대답했다. 그러자 그 철학교수는 인터뷰를 즉시 중단하고 '당신 나라의 철학이나 제대로 알고 오라'고 하면서 입학을 거절했다. 그 학생은 그때 크게 놀라 한국으로 돌아왔고, 다시 한국철학을 열심히 공부한 후 미국으로 가 입학 허가를 받았다. 그 학생은 지금 지방의 철학과 교수로 재직하고 있다.

놈 촘스키는 미국의 저명한 언어학자다. 그는 변형생성문법이라는 문법이론을 개발하여 세상의 모든 언어를 이 문법체계로 해석할 수 있는 기틀을 만든 사람이다. 촘스키 이론의 특징은 자기의 이론을 지속적으로 수정 보완해 나간다는 것이다. 표준이론에서 확대표준이론으로, 이를 다시 수정확대표준이론, 지배결속이론, 최소이론 등으로 이어 가며 자기가 개발한 이론을 스스로 변형시킨다. 때문에 촘스키 이론을 공부하는 연구자들은 촘스키를 따라하기에 급급하다. 촘스키의 위대성을 엿볼 수 있는 대목이다.

오래전 국내 모 대학에서 연구 발표회가 열렸다. 촘스키 이론을 누가 더 정확히 이해했는가를 발표하는 자리였다. 국내 유수 대학 최고의 연구자가 기조 강연을 했다. 강연과 발표를 다 듣고 난 후 그 대학을 빠져나오면서 든 생각은 '우리는 왜 촘스키를 이해하고 따라하는 것에만 만족해야 하는가'였다. 따라하기만 해도 대단한 학자가 되는 우리의 학문 수준이 서글펐다.

지난 일이다. 한 유명 대학 교수들이 '사회정의를 위한 교수들의 모임'이라는 단체를 만든 적이 있다. 사회를 바로 세우기 위한 다양한 주제를 가지고 교수들이 모여 토론하고 그 해결책을 모색

해 보려는 괜찮은 모임이었다. 그 토론의 첫 주제가 '교수'였다. 그 날 교수들은 스스로를 탄핵했다. 우리는 한낱 서구 이론의 수입업 자일 뿐이었다고.

　공부는 우선 따라하기로 시작한다. 초등학교를 거쳐 중학교, 고 등학교의 학업 내용은 대부분 따라하기 교육이다. 이미 선학들이 정리해 놓은 교과서를 가지고 학문의 기초를 배운다. 그러나 대학 은 다르다. 대학은 따라잡기를 가르치는 곳이다. 만일 아직도 대학 에서 따라하기만을 배우거나 강요한다면 그건 대학이 아니다. 대 학은 따라잡기를 위해 존재하는 곳이다. 선행 학자들의 기존 연구 를 보고 후행 학자들이 독창적 아이디어를 발휘해 앞서의 연구를 따라잡는 것이 대학이다.

　교수들에는 두 가지 유형이 있다. 자기를 넘어서는 청춘 제자를 바라보면서 화를 내는 교수와 흐뭇하게 바라보는 교수다. 간혹, 청 춘 제자들에게 용기를 주지 못할망정 주눅 들게 하고 앞길을 가로 막는 교수가 있다. 청춘 제자를 실컷 부려 먹고 심지어 제자의 업 적을 자기 것인 양 부풀리고 아예 제 것으로 만드는 교수도 있다. 그건 교수가 아니다. 지식 도둑놈이요, 고등 사기꾼이다. 대학에서 청춘들의 정신노동을 빼앗고 물질을 착취하는 것이 당연시되는 풍조가 있는 한 대학의 발전은 절대 기대할 수 없다. 대학은 청출어람靑出於藍의 산실이 되어야 한다.

성공한 비청춘의 면면을 보자. 따라하기에 급급한 사람이 성공한 예는 하나도 없다. 그것이 권력이 되었건, 돈이 되었건, 명예가 되었건 대부분 남보다 더 발전된 정신력과 전투력, 창의력과 상상력으로 따라잡기를 했기 때문에 가능했다. 개혁과 개선은 따라하기가 아니라 따라잡기다. 초기의 청춘은 비청춘을 배우고 따라한다. 후기의 청춘은 비청춘을 따라잡아야 한다. 청춘이 따라하기에 머물러 버린다면 청춘으로서의 빛을 잃는다. 멋진 청춘은 따라하기보다 따라잡기를 한다.

## 들판의 학문

조선시대에는 입신양명을 하려면 인문학을 해야만 했다. 인문학은 벼슬길에 오르는 유일한 학문이었다. 인문학 이외의 학문들은 모두 잡학으로 취급하고 우습게 알았다. 그러나 당시 인문학의 학문적 흐름은 사대주의 인문학이었고 권세를 누리는 자들만이 영위하는 중우적 인문학이었다. 한마디로 과거의 인문학은 영웅주의 인문학이었다.

오늘날에는 의학, 법학, 상학 등 과거 잡학으로 불리던 학문들이 득세를 하여 인문학은 곁방신세가 되어 버렸다. 몇몇 인문학자들이 인문학의 위기를 한탄하고 눈물까지 글썽이며 인문학 되살

리기 운동을 펼쳤지만 메아리 없는 외침일 뿐이었다. 오늘날의 우리 인문학을 냉철히 바라보자. 난 '인문학의 위기'가 아니라 '사람의 위기'라고 생각한다. '사람을 연구하는 것'이 인문학이라면 오늘의 인문학은 당연히 위기일 수밖에 없다. 아직도 우리 인문학은 서구 사대주의적 연구 형태를 벗어나지 못하고 있다. 이 종속주의 인문학은 미국에서 인문학을 공부해 온 인문학자들에 의해서 수구적 사대주의 인문학으로 점점 더 깊숙이 빠져들고 있다. 우리 인문학의 또 하나의 맹점은 자기만족에 빠진 자폐적 인문학이라는 것이다. 자기들끼리 공부하고 자기들끼리 인용하고 자기들끼리만 통하는 용어를 쓰고 있다. 인문학의 위기라고 말하면서 스스로 벽을 쌓고 있다. 현재 우리 인문학은 '인문학자를 위한 인문학'이지 '사람을 위한 인문학'이 아니다. 여전히 과거의 영웅주의 틀을 벗어나지 못하고 있다.

우리 대학에 정식으로 등록된 연구소는 아니지만 인문학의 사회적 역할과 책임을 다하고자 '실천인문학센터'를 열었다. 각 자치단체 자활센터, 장애인 시설, 노숙자 수용시설, 교도소를 찾아다니며 인문학 강좌를 열고 있다. 작년과 올해를 포함하여 연인원 1000여 명의 나이 든 학생들이 우리 실천인문학 강좌를 들었거나

들고 있다. 짧은 강의시간이지만 교수와 학생들이 같이 울면서 강의를 시작하고 스스로 대견해하고 감격하면서 강의를 끝낸다. 이 인문학 강좌를 수강하는 분들의 특징은 인문학을 순수하게 받아들인다는 것이다. 학문적 비꼼이 없는 있는 그대로의 인문학을 즐기고 있다. 그래서 오히려 교수들이 그들과 호흡하며 더 많이 배우고 있다.

'밥이나 먹여 주면 될 것이지 인생의 막장에 들어가 무슨 가당치 않은 인문학 교육인가'라고 비웃는 사람도 있는가 보다. '누가 누구에게 손가락질할 수 있는가. 그렇게 말하는 당신이 인문학의 막장에 있지 않은가'라 반문하고 싶다. 서울대는 최고 경영자들을 위한 인문학 강좌를 열고 있다. 서울대가 높은 데로 임하는 인문학이라면 실천인문학은 낮은 데로 임하는 인문학이다. 이제 우리가 대학 최초로 문을 연 실천인문학은 단순히 사회봉사 인문학이 아니다. 진정한 인간의 가치를 나누는 민중주의 인문학의 태동을 알리는 예고편이다. 인문학은 상아탑 안에 머물러 있어서는 안 된다. 인문학이 인문학을 전공하는 고급한 향유자만의 학문이 되어서는 안 되며, '그들만의 인문학'으로 남아 있어서는 안 된다. 인문학자는 이제 책상물림의 선비로 남아 있어서는 안 된다.

그동안의 인문학이 지식의 생산자이자 소비자였다면 실천인문학은 지식의 공급자다. 그동안의 인문학이 아름답게 꾸며진 정원 인문학이라면 실천인문학은 꾸며지지 않은 들판 인문학이다. 인문학의 무풍지대로 찾아가는 인문학이 얼마나 멋진 인문학인가. 인문학은 사회적 방관자가 될 수 없다. 인문학이 사회와 동떨어져서 사회적 책임을 다하지 못하다면 인문학의 학문적 진취성을 기대할 수 없다. 이제 인문학도 사회적 역할과 책임을 다해야 한다.

인문학은 상아탑 안에 머물러 있어서는 안 된다.

인문학이 인문학을 전공하는 고급한 향유자만의 학문이 되어서는

안 되며, '그들만의 인문학'으로 남아 있어서는 안 된다.

인문학자는 이제 책상물림의 선비로 남아 있어서는 안 된다.

## 반군사부일체론

　몇 해 전부터 버스나 전철을 이용할 때마다 내심 거북함을 느낀다. 앉을 자리가 있으면 좋지만 그렇지 못한 경우에 서서 가게 되면 설 자리가 마땅치 않기 때문이다. 청춘들 앞에서 서면 그들이 곤란해한다. 자리를 양보해야 할지 망설이는 눈치가 역력해 미안하다. 청춘을 피해서 경로석 쪽에 서면 경로석에 앉아 있는 노인네가 빈자리를 턱으로 가리키며 '거기 앉으슈'라 한다. 더 창피하다. 그래서 이곳저곳을 다 피해 문에 가까운 곳 어중간히 선다. 서 있는 자리가 어수선하고 이리저리 치이지만 마음은 편하다.

　경로석에 앉은 노인네들 세 분이 잡담하는 소리가 크게 들린다.

대낮인데 벌써 한잔들 걸치셨다. 술 냄새가 진동한다.

"요새 애새끼들, 싸가지가 없어. 저것 봐라. 저 연놈들, 전철에서 서로 끌어안고 지랄병하네. 쟤네들 부모는 저러고 다니는 것 모를 거야. 저년 좀 봐, 다 벗고 다녀. 말세야 말세."

"촛불 드는 빨갱이 새끼들한테 맞을 뻔했어. 위아래도 몰라보는 염병할 놈들."

『소학小學』의「명륜明倫」편에 다음과 같은 대목이 나온다.

> 사람은 세 분에 의해 살게 되니, 이들 섬기기를 하나같이 해야 한다. 아버지는 낳아 주고, 스승은 가르쳐 주고, 군주는 먹여 주니, 아버지가 아니면 낳지 못하고, 먹지 못하면 자라지 못하고, 가르쳐 주지 않으면 알지 못하니 낳아 준 것과 같다. 그러므로 군사부를 하나같이 섬겨 오직 그들이 있는 곳에 목숨을 다해 섬겨야 한다. 그들을 위해 죽음으로 보답하고 힘으로 보답하는 것이 인간의 도리다.

군사부일체君師父一體론을 가장 잘 나타낸 구절이다. 『소학』은 청춘을 가르치는 초학서로서 주로 충忠과 효孝를 주제로 만들어진 책이다. 청춘들에게 군주를 위한 충과 부모에 대한 효 그리고 스승에 대한 경敬을 동일하게 취급하여 받들라는 메시지다. 전통주의 교육관의 표상과 같은 슬로건이다. 동서양을 막론하고 시대가 변해도 한참이 바뀐 시대지만 우리나라 현대적 교육관은 아직도 이를 추종하고 있다.

청춘의 입장에서 군사부일체를 곱씹어 보자. 천륜과 인륜을 볼모로 한 철저한 지배 이데올로기적 논리다. 청춘을 정신적으로 옭아매고 육체적으로 목숨까지 담보한다. 자유란 없다. 오직 굴종적 충성과 강제적 효행 그리고 종속적 존경을 강요하고 있다. 청춘의 인권이란 없다.

조폭 두목보다 못한 리더십으로 국민을 우롱하는 군주를 군주로 섬기라니. 가족전체주의 사고에 빠져 자식을 학대하는 부모를 부모로 섬기라니. 어설픈 교조적 권위주의에 빠져 학생을 몰아세우는 스승을 스승으로 섬기라니. 군주는 군주다워야 군주다. 부모는 부모다워야 부모다. 스승은 스승다워야 스승이다. 할 짓 못할 짓 다해 놓고 난 됐으니 젊은 너희들이나 잘해라 한다면 이건 아니라고 생각한다. 군주는 사회공동체, 부모는 가족공동체, 스승은 학교공동체에서 군사부일체라는 용어를 써 가며 나이로 지위로 청춘들을 속박하려 든다면 미래는 없다.

군주는 오히려 '아닌 것은 아닙니다'라고 말하는 청춘에게 격려를 해 주어야 한다. 그게 성숙한 사회, 건강한 사회를 만드는 리더의 덕목이다. 부모는 오히려 '저 독립할 겁니다'라 말하는 청춘에게 더 큰 사랑을 베풀어야 한다. 그게 행복한 가정, 단란한 가정을 이끄는 부모의 덕목이다. 스승은 오히려 '제 생각은 다릅니다'라 말하는 청춘에게 찬사를 보내 주어야 한다. 그게 학문의 발전과 수월성을 높이는 스승의 덕목이다.

청춘은 모든 것이 진행형이다. 진행형은 언제 바뀔지 모른다. 결과를 얻기까지 여러 번의 오류와 시행착오가 필요하다. 바꾸고 돌아가고 포기하고 다시 시작하고 그것이 진행형 청춘들이 가진 특권이다. 군사부일체라는 낡은 정신적 족쇄로 청춘의 앞길을 가로막는 일만큼은 절대 하지 말아야 한다.